警告(上)

マイクル・コナリー｜古沢嘉通 訳

講談社

ティム・マーシャ刑事に
天使の街への奉職に心からの感謝を

目次

極悪非道の行為に反発しつつ惹(ひ)かれるものはいないだろうか?

――デイヴィッド・ゴールドマン

『われらが遺伝子、われらが選択』

警告
(上)

●主な登場人物〈警告　上下共通〉

ジャック・マカヴォイ　消費者問題を扱うニュース・サイト、フェアウォーニングの記者。元ロサンジェルス・タイムズ記者

マイロン・レヴィン　フェアウォーニング創業者、編集長

エミリー・アトウォーター　ジャックの同僚

ウイリアム（ビル）・マーチャンド　フェアウォーニングの弁護士

クリスティナ（ティナ）・ポルトレロ　映画プロデューサーの個人アシスタント

デイヴィッド・マットスン　ロス市警強盗殺人課刑事

サカイ　マットスン刑事のパートナー

百舌（モズ）　匿名の殺人者

レイチェル・ウォリング　元ＦＢＩ捜査官。身元調査事務所の経営者

ウイリアム・オートン　遺伝子研究を行っているオレンジ・ナノ研究所の設立運営者

グウィネス・ライス　百舌の事件の生存者

マーシャル・ハモンド　ロス市警バイオ科学捜査ラボのＤＮＡ検査技師

ロジャー・ヴォーゲル　ハモンドのパートナー

ジゴベルト（ディグ）・ルイス　アナハイム市警刑事

マシュー（マット）・メッツ　ＦＢＩ特別捜査官

プロローグ

女は男の車を気に入った。電気自動車に乗ったのははじめてだった。聞こえてくるのは、夜を切り裂いて進む際の風の音だけだった。

「とてもしずか」女は言った。

六文字の言葉を口にしたが、それすら不明瞭だった。三杯目のコスモポリタンが舌にかなりの影響を与えていた。

「気づかれずに近づける」運転者は言った。「それは確実だ」

男は女のほうを見て、笑みを浮かべた。だが、言葉が怪しかったので、あたしの様子を確認しているだけなんだろう、と彼女は思った。

すると、男はまえを向き、ウインドシールドに向かってうなずいた。

「着いた」男は言った。「駐車場はある?」

「あたしの車のうしろに停(と)めてくれればいい」女は言った。「車庫には二台分のスペースがあるんだけど、なんていうか……前後に並べる必要があるの。トーテム、と呼ぶんだっけ」

「タンデム？」

「ああ、それ、それ。タンデム」

　女は自分の言い間違えに笑いだした。ツボに入り、笑いが止まらなくなる。またしてもコスモポリタンが効いている。それに今夜ウーバーで出かけるまえに服用していた緑色の薬物の影響もあった。

　男が自分の側の車窓を下げると、さわやかな夜気が車内の心地良い空間に入りこんだ。

「組み合わせ番号を思いだせるかい？」男は訊いた。

　ティナは周囲を見まわして、自分の居場所を確認できるよう座席に深く座った姿勢から体を引き起こした。共同住宅のガレージ・ゲートのまえにすでに来ているのに気づく。なにかおかしい気がした。どこに住んでいるのか男に伝えた記憶がなかった。

「組み合わせ番号は？」男がまた訊いた。

　テンキーが壁に設置されていて、運転席の窓から手の届く範囲にあった。ティナはゲートをあける組み合わせ番号は覚えているけれど、家に送り届けさせた男の名前を思いだせないことに気づいた。

「4・6・8・2・5」

　男がその数字を入力しているあいだ、ティナはまた笑わないようこらえた。こういうのをひどくいやがる人間がいるのだ。

　ガレージのなかに入ると、ティナは、自分のミニのうしろの駐車スペースを指し示した。すぐにふたりはエレベーターに乗り、ティナは正しいボタンを押すと、男にもたれかかり、体を支えてもらおうとした。男はティナに腕をまわし、倒れないようにした。

「あだ名はあるの？」ティナが訊いた。

「どういう意味だ？」男は問い返した。

「ほら、他人になんて呼ばれている？　ふざけて呼ばれるときに」

　男は首を横に振った。

「本名で呼ばれている」男は言った。

　とりつく島もない。ティナはその話をやめることにした。あとで本名を探りだすことは可能だろう。だが、実際には、ティナがその本名を必要とすることにはならないはずだった。あとはないだろう。最初からなかったと言ってもよかった。

ドアは三階でひらき、ティナは男の先に立って廊下を進んだ。彼女の住戸はエレベーターからふたつめにあった。

セックスはよかったが、飛び抜けていたわけではなかった。ただ、風変わりだったのは、コンドームを付けてくれとティナが頼んだところ、抵抗しなかったところだ。というより、男はコンドームを持参すらしていた。それは賞賛すべきことだったが、男は一回こっきりの相手になるだろう、とティナは思っていた。自分のなかの空虚さを埋めてくれるだろういわく言いがたいものをこの先もさがしつづけるのだ。

コンドームをトイレに流すと、男はティナのいるベッドに戻ってきた。言い訳がやってくるんだろう、とティナは思っていた――あしたの朝早いんだ、妻が家で待っている云々（うんぬん）――だが、男はベッドに戻り、身を寄せたがった。男はティナの背後に乱暴にまわりこみ、彼女の背中を自分の胸に押し当てられるようティナの体の向きを変えさせた。男は体毛を剃（そ）っており、ティナは生えかけた毛の小さな先端が自分の背中にチクチク当たるのがわかった。

「ちょっと……」

ティナはそれ以上文句を言わなかった。男はティナを抱いたまま、うしろに倒れ、ティナは背中を全部男に預ける格好になった。男の胸は紙やすりのようにザラザラしていた。男はティナの首のうしろから腕をまわし、肘を曲げてV字にした。そののち、空いているほうの手でそのV字にティナの首を押しつけた。男が両腕に力をこめてきて、ティナは自分の気道が潰れるのを感じた。助けを求める声を上げられなかった。音を立てるための空気がなかった。

　ティナはもがいたが、脚にシーツがからまっており、相手の男の力が強すぎた。首を固めているのは、鋼(はがね)の万力だった。

　暗闇が視野の隅から迫ってきた。男はベッドから頭を持ち上げて、口をティナの耳元に近づけた。

「人はおれを百舌(モズ)と呼んでいる」男は囁(ささや)いた。

JACK

1

わたしはその記事を「詐欺師王」と呼んでいた。少なくとも、それが記事の主見出し（ヘッドライン）だった。その一行を一番最初に入力したが、主見出しをつけて記事を提出するのは、記者としての立場を逸脱することになるだろうから、きっと変更されるな、と確信していた。主見出しとその下の副見出しは、編集長の専権事項であり、「編集長がきみの前文（リード）を書き直したり、きみの記事のネタ元に電話をして追加の質問をしたりするだろうか？　いいや、そんなことはしない。編集長は自分のレーンから離れない。つまり、きみは自分のレーンに留まっておかなきゃならないってことだ」というマイロン・レヴィンの小言がすでに聞こえる気がした。

マイロンがその編集長である以上、どんな反駁（はんばく）も難しいだろう。だが、わたしはとにかく主見出しの提案をつけたまま記事を送った。記事が完璧だったからだ。記事は、債権回収ビジネスという暗黒冥府を扱ったものだった——年間六億ドルが詐欺で吸い上げられている――そしてフェアウォーニングのルールは、あらゆる詐欺行為を俎上に載せることだった。捕食者あるいは餌食のどちらか、加害者あるいは被害者のどちらか。今回は、捕食者のほうだった。

詐欺師王、アーサー・ハサウェイは、とびきり中のとびきりだった。六十二歳で、ロサンジェルスを中心にした犯罪人生のなかで、およそ想像できるかぎりのあらゆる詐欺を働いていた。偽の金の延べ棒販売から、災害救援の偽ウェブサイトの設置にいたるまで。

現在、ハサウェイは、実際には金を借りていないのに借りていると人に思いこませ、その借金を支払わせる悪だくみをおこなっていた。そして、それをあまりに巧みにおこなっていたので、ヴァンナイズにある休眠状態の俳優養成所で、月曜と水曜に詐欺師見習いたちに金を取って手口を教えていた。わたしは生徒のひとりとして潜入し、できるかぎりのことを学んだ。いまやハサウェイを出汁にしてそれを記事にし、毎年数百万ドルをぼったくっている産業を曝露するときが来ていた。被害者は、減る一方の銀行預金を抱えている年老いた小柄な女性から、すでに多額の学生ローンを背負っている若い職業人までありとあらゆる人間がいる。彼らはみな被害者になり、みずから送金していた。アーサー・ハサウェイが彼らを得心させ、金を送らせていたからだ。そして現在ハサウェイは、週に二度、ひとりあたり五十ドルで十一名の将来の詐欺師と一名の潜入記者にそのやり方を教えていた。その詐欺師学校自体、ハサウェイの最大の詐欺である可能性があった。あの男は、サイコパス特有の、良心の呵責をまったく覚えない真の王だった。わたしは、記事のなかで、ハサウェイに銀行口座を空にされ、生活を台無しにされた被害者についても記している。

マイロンは、すでにその記事をロサンジェルス・タイムズとの共同プロジェクトにすることにしており、それによって記事は掲載が保証され、ロサンジェルス市警察が注目せざるをえなくなるだろう。もうすぐアーサー王の王国は転覆し、詐欺師見習いの円卓の騎士たちもまた、一斉に検挙されるだろう。

最後にもう一度記事を読み返してから、マイロンに送り、コピーをウイリアム・マーチャンドに送った。マーチャンドは無料でフェアウォーニングのすべての記事に目を通してくれている弁護士だ。うちでは法的に問題のあるものでないかぎり、どんな記事もウェブサイトに載せている。フェアウォーニングは、ワシントンDCにいる記者を勘定に入れるなら、五人体制の会社だった。DCの記者は在宅で働いていた。誤報が原因で敗訴や和解が一度あれば、わが社は倒産し、わたしは職歴上、少なくとも二度あった立場に立たされてしまうだろう——行き場のない記者に。

わたしは自分の間仕切り区画から立ち上がり、ようやく記事を送ったとマイロンに伝えようとしたが、彼は自身の間仕切り区画のなかで電話に出ており、近づいていくと資金援助を求める電話をしているのがわかった。マイロンは創業者であり、編集長であり、記者であり、フェアウォーニングの資金調達責任者でもあった。フェアウォーニングは、コンテンツへのアクセス制限のないインターネット・ニュース・サイトだ。各記事の最後のページに寄付ボタンがあり、ときおり冒頭にも置かれているが、マイロンは、われわれを支援して、物乞いから相手を選ぶ立場に――少なくともしばらくのあいだは――してくれる偉大な白鯨をつねに求めていた。

「うちと同じことをやっているところはほかにはまったくないんですよ――消費者のための屈強な番犬というのは」マイロンはどの出資候補者にもそう言っていた。「うちのサイトをチェックしてもらえれば、アーカイブに入っている自動車や製薬、通信、煙草（たばこ）を含む強力な中心的産業と対峙（たいじ）する数多くの記事を読めます。それに現政権の規制緩和と監視制限という理念のもとでは、弱者を見守る者はだれもいないのです。ええ、わかります、世間にはもっと明確な形での喜びが与えられる寄付先がありますね。月二十五ドルの寄付で貧困地帯（アパラチア）の子どもに衣食を与えられます。よくわかります。そうすれば気分がよくなる。ですが、フェアウォーニングに寄付をする場合、あなたが支えることになるのは、次のことに専念する記者のチームで――」

明けても暮れても、わたしは一日に何度もその〝宣伝口上〟を耳にしていた。また、マイロンと経営陣が正義の味方の篤志家候補者たちに弁舌を振るう日曜日の小規模な集まりにも出席し、そのあとで一行に合流し、自分が取り組んでいる記事について話した。二冊のベストセラーの著者として、そうした集まりでは、わたしはそれなりの評価を受けていた。もっとも、最後になにか出版してから十年以上経過していることはけっして口にされなかった。その口上がわたし自身の給料にとって重要かつ不可欠なものだとわかっていた――ロサンジェルスで暮らしていくための最低賃金には遠くおよばない――が、フェアウォーニングでの四年間であまりにも何度も聞かされていたので、眠っていても暗唱できるようになっていた。逆送りにすらできた。

マイロンは出資候補者の話に耳を傾けるのをやめ、電話をミュートさせてからわたしを見上げた。

「送ったって？」マイロンが訊いた。

「いまさっき送った」わたしは言った。「ビルにも送った」

「オーケイ、今晩読んでみる。なにか問題があれば、明日、話し合おう」

「いつでも載せられるようになっている。上出来な主見出しまでつけた。袖見出しだけ書いてもらえばいい」

「本気で言ってるのか――」

マイロンはミュートを解除し、質問に答えられるようにした。わたしはマイロンに敬礼をすると、ドアに向かったが、エミリー・アトウォーターの間仕切り区画で立ち止まって帰る挨拶（あいさつ）をしようとした。彼女は現時点でオフィスにいるもうひとりのスタッフだった。

「さよなら（チアーズ）」エミリーははっきりしたイギリス訛（なま）りで挨拶を返してきた。

わが社はスタジオ・シティにある典型的な二階建てショッピング・センターにオフィスを構えている。一階はすべて小売店や飲食店で、二階は自動車保険会社やマニキュア・ペディキュア店、ヨガ・スタジオ、鍼（はり）治療といったアポなし商売の店が入っていた。うち以外は。

フェアウォーニングは、アポなし商売の店ではないけれど、このオフィスの賃料が安いのは、真下が医療用マリファナ薬局で、建物の通気口から新鮮な製品の香りがうちのオフィスに終日漂ってくるからだった。マイロンはこの場所をおそろしく格安で借りていた。

ショッピング・センターは、L字形をしており、地下駐車場があって、フェアウォーニングの従業員と来客用に五台のスペースが割り当てられていた。これは大きな特典だった。

この街で駐車をするのは、つねにやっかいな問題だ。そして屋根のある駐車場は、わたしにとってさらに重要な従業員特権だった。なぜなら、ここは燦々と陽の注ぐカリフォルニアで、わたしはめったに自分のジープに幌をかけることがなかったからだ。

最後に出した本のアドバンス料でわたしはジープ・ラングラーを新車で購入し、その走行距離計は、自分が最後に新しく車を購入し、ベストセラー・リストに載っていたときからどれくらい時間が経っているかを思いださせてくれるものとして役立っていた。エンジンをかける際に走行距離計を確かめてみた。かつて自分が立っていた場所からはぐれて、わたしは二十六万九百九十キロ進んでいた。

2

わたしはシャーマン・オークスのウッドマン・アヴェニューに住んでいる。フリーウェイ101号線のそばだ。一九八〇年代のケープコッド様式の共同住宅で、共用プールとバーベキュー・エリアのある中庭を囲むかたちで二十四軒のテラスハウスが四角く並んでいる。地下駐車場もあった。

ウッドマン・アヴェニューにあるたいていの共同住宅には、〈カプリ〉や〈オーク・クレスト〉などの名前がついている。わたしの建物は名無しだった。車を買ったのとおなじアドバンス料で買ったコンドミニアムを売って、わたしは一年半まえにここに引っ越してきたばかりだ。印税の小切手は毎年どんどん額が減りつづけ、わたしはフェアウォーニングの給料内で暮らせるよう生活を立て直している最中だった。それは難しい移行だった。

下り坂の私設車道（ドライブウェイ）で車庫のゲートが上がるのを待っていると、スーツ姿のふたりの男性が、複合住宅の歩行者専用ゲートにあるインターフォンのまえに立っているのに気づいた。ひとりは白人で五十代なかば。もうひとりは二十歳は若いアジア系だった。一陣の風で、アジア系の男の上着がひらき、ベルトにバッジが装着されているのが見えた。

わたしは車庫へ下っていきながら、バックミラーから目を離さずにいた。ふたりの男はわたしのあとから坂を下り、車庫に入ってきた。わたしは自分の駐車区画に車を停めるとエンジンを切った。

バックパックをつかんでわたしが車を降りるころには、ふたりはジープのうしろに来て、待っていた。

「ジャック・ミッカヴォイか？」

相手は名前を正しく把握していたが、発音は間違っていた。

「ああ、マカヴォイだ」相手の発音を訂正してやった。「なにか用かい？」

「わたしはロス市警のマットスン刑事だ」ふたりのうち年かさの男が言った。「こちらはパートナーのサカイ刑事。二、三、訊きたいことがある」

マットスンは上着をひらいて、自分もまたバッジを持っており、それに伴う銃も持っていることを示した。

「オーケイ」わたしは言った。「なんの件で？」

「あんたの部屋にいけないかな？」マットスンは訊いた。「車庫よりもプライバシーが保護できる場所へ？」

マットスンはあたかも四方八方に耳を澄ましている人間がいるかのようにまわりの空間を身振りで示したが、車庫は無人だった。

「そうだな」わたしは言った。「ついてきてくれ。ふだん、階段でのぼっていくんだが、そっちがエレベーターを使うなら、この突き当たりにある」

わたしは車庫の突き当たりを指さした。わたしのジープは車庫のなかほどにあり、中央の中庭に通じている階段の真向かいに停められていた。

「階段でけっこうだ」マットスンは言った。

わたしは階段に向かい、刑事たちがあとにつづいた。自宅住戸のドアへたどり着くまで、わたしは仕事の観点から考えようとしていた。ロス市警の関心を惹くようななにをわたしはやったんだろう？　フェアウォーニングの記者は記事の取材にかなりの自由裁量権を認められているが、一般的な仕事区分があり、インターネット関連の報道以外に、犯罪的な詐欺やスキームもわたしの取材対象だった。

アーサー・ハサウェイの記事がこの詐欺師の事件捜査とぶつかり、マットスンとサカイは記事を出すのを控えてくれと頼みにきたのだろうか、とわたしは考えはじめた。だが、その可能性を検討してすぐ、それはないなと判断した。もしそうだとしたら、彼らはわたしの自宅ではなく、わたしの職場に来たはずだ。そしてそれは直接姿を見せるのではなく、まず電話ではじまったはずだった。

「どこの部門から来たんだい？」プールの反対側にある七号棟に向かって中庭を横切りながら、わたしは訊いた。

「ダウンタウンの本部で働いている」マットスンが不承不承答えた。彼のパートナーは黙ったままでいる。

「どの犯罪担当なんだ、という意味だが」わたしは言った。

「強盗殺人課だ」マットスンは言った。

ロス市警それ自体に関して記事にはしていなかったが、過去には書いていた。エリート部門がダウンタウンの市警本部に集まっていたが、そのなかでもＲＨＤと略される強盗殺人課はエリート中のエリート部門だった。

「では、用件はなんだろう？」わたしは訊いた。「強盗それとも殺人？」

「なかに入ってから話そうじゃないか」マットスンは言った。

わたしは自分の部屋の玄関ドアにたどり着いた。マットスンが答えなかったので、答えは殺人のほうに向かっているようだった。わたしは鍵を手にしていた。ドアを解錠するまえにわたしは振り返り、背後に立っているふたりの男を見た。

「兄が殺人事件担当刑事だった」わたしは言った。

「ほんとかね？」マットスンが訊く。

「ロス市警？」サカイが訊いた。はじめて口をひらいた。

「いや」わたしは言った。「はるか遠くのデンヴァーで」

「そりゃよかったな」マットスンが言う。「引退したのかい？」

「そういうわけじゃない」わたしは答える。「殉職したんだ」

「ご愁傷さま」マットスンが言った。

わたしはうなずくと、ドアに向き直り、解錠した。なぜいきなり兄の話を口にしたのか、よくわからなかった。ふだん、人と共有するたぐいの話ではなかった。わたしが書いた本を読んでいる人はそのことを知っているが、日常の会話でそれについて触れたことはなかった。

その出来事は別の人生であったかと思えるほど、ずいぶん昔に起こった。

ドアをあけ、われわれは部屋に入った。わたしは明かりを点けた。わたしはこの棟にある住戸でもっとも狭いところに住んでいる。下のフロアはオープンプランで、リビングルームに小さなダイニング・エリアがあり、その先がシンク付きカウンターでわけられただけのキッチンになっている。右の壁に沿ってロフトにつながっている階段があり、そのロフトが寝室だ。ロフトにはフルサイズのバスルームがあり、下のフロアの階段下スペースにハーフサイズのバスルームがある。トータルで九十平方メートルほどしかない。

　この部屋はきちんと片づいて整然としていたが、それはひとえに備え付けの家具だけで、個人的な味わいがまったく欠けているからだった。ダイニングテーブルを作業エリアに変えていた。テーブルの上座にプリンターが座っている。

　すべては次の本の仕事に取り組むために設えられていた——そしてそれはここに引っ越してきてからそのままの状態だった。

「すてきな部屋だ。ここには長いのかい？」マットスンが訊いた。

「一年半ほどになる」わたしは言った。「教えてくれるかな、これはなんの——」

「そこのカウチに座ろうじゃないか」

　マットスンはわたしが一度も使ったことがないガス暖炉の向こうにある壁に設置した薄型ＴＶを見るために置いているカウチを指し示した。

　コーヒーテーブルをはさんで、ほかに二脚の椅子があったが、カウチ同様、以前に住んでいたいくつかの住居で何十年も過ごしてきたため、擦り切れ、くたびれていた。わたしの資産の減少が住居や交通手段に反映されていた。

マットスンは二脚の椅子を見て、比較的きれいに見えるほうを選び、腰を下ろした。サカイはストイックな御仁で、立ったままでいた。

「さて、ジャック」マットスンが言った。「われわれはある殺人事件を担当しており、捜査の過程であんたの名前が浮かび上がった。だから、われわれはここにいる。われわれは――」

「だれが殺されたんだ？」わたしは訊いた。

「クリスティナ・ポルトレロという名の女性だ。その名前に覚えはあるかね？」

わたしはその名を超高速で脳内回路検索にかけたが、該当はなかった。

「いや、覚えはないと思う。どうしてわたしの名前が――」

「彼女は、たいてい、ティナの名で通っていた。それが役に立たないかな？」

再度脳内回路検索。その名は該当した。ふたりの殺人課刑事からフルネームを聞いたことで、わたしは動揺し、すぐに認識できなくなっていたのだ。

「あー、待った、ああ、ティナという女性を知っている――ティナ・ポルトレロを」

「だが、いましがたその名前を知らないと言ったばかりだぞ」

「確かに。たんに、ほら、いきなりだったので、結びつかなかったんだ。だけど、ああ、一度会ったことがある。それっきりだった」

マットスンは答えなかった。横を向いて、パートナーにうなずく。サカイがまえに進みでて、携帯電話をわたしに差しだした。その画面には、ダークブラウンの髪とそれよりもさらに濃い色の瞳の女性がポーズを取っている写真が映しだされていた。その女性はこんがり日焼けしていて、見たところ三十代なかばだったが、実際には四十代なかばに近いことをわたしは知っていた。わたしはうなずいた。

「彼女だ」わたしは言った。

「けっこう」マットスンが言う。「どうやって会った？」

「このまえの通りの先で。〈ミストラル〉というレストランがある。わたしはハリウッドからここに引っ越してきて、知り合いはだれもおらず、近所の土地勘を得ようとしていたんだ。その店にときどき一杯引っかけに歩いていった。運転することを気にせずにすむように。そこで彼女に会った」

「それはいつのことだった？」

「正確な日時はわからないが、ここに引っ越してきてから六ヵ月ほど経ったころだと思う。だから、一年ほどまえだ。たぶん金曜日の夜だった。ふだん、その店にいくのは金曜の夜なんだ」

「彼女とセックスしたのか？」

その質問は予期してしかるべきだったが、わたしは思わぬ衝撃を受けた。

「それは要らぬお世話だ」わたしは言った。「一年まえのことだ」

「答えはイエスだと受け取っておく」マットスンは言った。「そのあとここに戻ってきたのか？」

マットスンとサカイが、ティナ・ポルトレロの殺害状況について、わたしより詳しく知っているのは、わかっていた。だが、一年まえにわたしと彼女のあいだに起こったことに関する質問は、彼らにとって過剰に重要なように思えた。

「馬鹿げている」わたしは言った。「彼女といっしょにいたのは一度だけで、それ以降、なにもなかった。なぜそんな質問をするんだ？」

「なぜならわれわれは彼女の殺人事件を捜査しているからだ」マットスンは言った。「被害者本人とその活動について知りうるかぎりのすべてを知らねばならない。どれほど以前のものであろうと関係ない。だから、もう一度訊く――ティナ・ポルトレロがこの部屋に入ったことはあるのか？」

わたしは両手をあげて降参の仕草をした。

「ある」わたしは言った。「一年まえに」

「ここに泊まっていったのか？」マットスンは訊いた。

「いや、二時間ほど滞在したのち、ウーバーを呼んで帰った」

マットスンはすぐには関連質問をしなかった。どうやって進めようか判断しているかのように、わたしの様子をじっと見つめてきた。

「この住戸に被害者の所持品は残っているかね？」マットスンが訊く。

「いや」わたしは反駁の声を上げた。「所持品ってなんだ？」

マットスンはわたしの質問を無視し、自分の質問をぶつけてきた。

「このまえの水曜日の夜、きみはどこにいた？」

「冗談だろ？」

「いや、冗談のつもりはない」

「水曜日の夜の何時だ？」

「午後十時から午前零時までのあいだとでも言おうか」

その枠のはじまりである午後十時まで、人を欺す方法を教えるアーサー・ハサウェイのセミナーに出ていたのはわかっていた。だが、それは詐欺師向けのセミナーであり、それゆえに実際には存在していないこともわかっていた。もしここにいる刑事たちが、わたしのアリバイのその部分を調べようとしても、そのセミナーが存在していたことを確認できないか、わたしがその場にいたことを証言できる人間を見つけられないかのどちらかだろう。そんなことをすれば自分たちがその場にいたのを認めることになるだろうから。だれもそんなことをしたがらないだろう。

とりわけ、わたしが提出した記事が表に出た場合には。

「えーっと、わたしは十時から十時二十分まで車に乗っており、そのあと、ここにいた」

「ひとりで？」

「そうだ。なあ、これは馬鹿げている。一年まえの夜、彼女といっしょにいたのは確かだが、そのあとどちらも連絡を取らなかったんだ。われわれふたりにとって、あれは失敗だった。わかってもらえるだろうか？」

「ほんとうにそうなのか？　ふたりともそう思ったのか？」

「確かだ。わたしは一度も彼女に電話をかけなかったし、彼女も一度もかけてこなかった。〈ミストラル〉でそれ以降見かけたことはなかった」

「そうなってどんな気持ちだったんだ？」

わたしは気まずい笑い声を上げた。

「どんな気持ちだっただと？」

「向こうが電話をかけ直してこなかったことで」

「わたしが言った内容が聞こえていたのかい？　わたしは彼女に電話しなかったし、彼女はわたしに電話をかけてこなかった。おたがいにそうだった。たんに進展がなかったんだ」

「その夜、彼女は酔っ払っていたのか？」

「ひどく酔ってはいなかった。店でふたりとも二杯ほど飲んだ。代金はわたしが払った」

「ここに戻ってからはどうだ？　さらに飲んだのか、それともすぐにロフトに上がったのか？」

マットスンは上の階を指さした。

「ここでは飲んでない」わたしは言った。

「で、すべて合意のもとでおこなわれたんだな？」マットスンが言う。

わたしは立ち上がった。いい加減にしてほしい。

「あのな、あんたの質問には答えた」わたしは言った。「時間の無駄をしているぞ」

「時間の無駄をしているかどうかは、自分で決める」マットスンは言った。「ここの用は終わりかけているので、座り直してくれたらありがたいのだが、ミッカヴォイさん」

　マットスンはまたしてもわたしの名前を間違って発音した。たぶん意図的にだ。

　わたしは再度腰を下ろした。

「わたしはジャーナリストだ、わかってるだろ？」わたしは言った。「犯罪を取材していた経験がある——殺人犯に関する本を著している。そっちがなにをしているのかわかってる。こちらの気持ちを動揺させ、なにかを認めさせようとしているんだ。だが、そういうことは起こらない。なぜならこの件について、わたしはなにも知らないからだ。だから、どうか——」

「あんたが何者かわかってる」マットスンは言った。「自分たちが相手にする人間のことをなにも知らずにここへ来ると思うか？　あんたは例のブログ、『ビロードの棺桶』の人間であり、念のため言っておくと、おれはロドニー・フレッチャーといっしょに働いていた。あの男は友人であり、あの男の身に起こったことはでたらめだ」

　そうだったのか。木からこぼれる樹液のようにマットスンからこぼれ落ちている敵意の原因はそれか。

「ビロードの棺桶は四年まえに幕を下ろした」わたしは言った。「その主な理由はフレッチャーの記事だ――内容は百パーセント正確だった。あんなことをフレッチャーがするとはだれもわかりようがなかった。いずれにせよ、いまのわたしは別の場所で働いており、消費者保護の記事を書いている。もうサツ回りの記者ではない」

「そりゃよかったな。ティナ・ポルトレロに戻っていいか？」

「戻れるようなものはなにもないだろ」

「あんたは何歳だ？」

「とっくに知ってるはずだ。それにそれがなにかと関係しているのか？」

「彼女には、少々年を取りすぎているようだ。ティナには」

「彼女は魅力的な女性であり、それに見た目より、あるいは自称しているよりも年上なんだ。あの晩、わたしが会ったとき、彼女は三十九歳だと言った」

「だが、そこがよかったんだろ？　彼女は実年齢より若く見えた。あんたのような五十代の男が三十代だと思った女性に迫る。言わせてもらえば、気持ち悪いな」

恥辱と怒りで顔が赤くなるのがわかった。

「はっきりさせておきたいんだが、わたしは〝彼女に迫って〟はいなかった」わたしは言った。「彼女が自分の飲んでいたコスモポリタンを手に取り、バーのなかをわたしに向かって近づいてきた。そういうはじまりだった」

「そりゃよかったな」マットスンは皮肉っぽく言った。「さぞかしあんたの自尊心が直立不動になったにちがいない。では、水曜日に戻ろう。その夜、車で自宅に向かっていたといま話した二十分間のまえはどこにいたんだ？」

「仕事の会合に出ていた」わたしは言った。

「必要があれば、われわれが話しにいき、確かめられる相手との会合かね？」

「もしそういう事態になったならば。だが、そっちは——」

「けっこう。じゃあ、あんたとティナについて、もう一度話してくれ」

マットスンがなにをやっているのかわかっていた。質問の矛先を変えつづけ、わたしのバランスを崩そうとしている。わたしはほぼ二十年間、ふたつの新聞社とビロードの棺桶ブログで警察の取材をしてきた。どういうふうになるのかわかっていた。話を繰り返すなかで少しでも矛盾が生じると、連中は必要とするものを手に入れるのだ。

「いや、もう全部話した。わたしからこれ以上情報が欲しいのなら、そっちが情報を与えてくれないと」

刑事たちは黙りこみ、取引すべきかどうか判断しているようだった。わたしは脳裏に浮かんだ最初の疑問をぶつけてみた。

「どういう形で彼女は亡くなったんだ？」

「首を折られていた」マットスンが答えた。

「環椎後頭関節脱臼」サカイが言った。

「それはどういう意味だい？」わたしは訊いた。

「内的断頭だ」マットスンが言う。「何者かが被害者の首を百八十度捻った。ひどい死なせ方だ」

胸に深い圧力がかかってくる気がした。いっしょに過ごしたあの晩を別にすると、わたしはティナ・ポルトレロを知らなかったが、サカイに見せられた写真で記憶が新たになった彼女が、そんな恐ろしいやり方で殺されたというイメージを脳裏から消せなかった。

「まるで映画『エクソシスト』みたいだった」マットスンは言った。「覚えているか？　取り憑かれた女の子の首がぐるっとまわるんだ」

その情報はなんの役にも立たない。

「どこで起こったんだ？」脳裏に浮かぶイメージから離れようとして、わたしは訊いた。

「大家がシャワー・ブースのなかで彼女を発見した」マットスンがつづけた。「死体が排水口をふさいでいて、水があふれ、大家が調べに来たんだ。大家が発見したとき、シャワーはまだ流れていた。足を滑らせて転んだ事故に見せかけていたが、われわれは馬鹿じゃない。シャワーのなかで足を滑らせたくらいで首の骨は折れない。そんな事故には見えなかった」

それが知りえていい情報であるかのようにわたしはうなずいた。

「オーケイ、じゃあ、いいかい」わたしは言った。「わたしはその事件に関係していないし、そちらの捜査に協力できることはない。なので、ほかに質問がないのなら、もうこれで――」

「まだ質問はあるんだ、ジャック」マットスンは鋭い口調で言った。「われわれはまだこの捜査をはじめたばかりなんだ」

「だからなんだ？　ほかになにを知りたいというんだ？」

「あんたは記者かなにかだが、〝デジタル・ストーキング〟がなんだか知っているだろ？」

「SNSとそれを通じて人を追跡することのようなものかい？」

「質問しているのはこっちだ。あんたは答えるほうだ」

「だったら、もっと具体的に訊いてもらわんと」

「ティナは親友に、自分がデジタル的にストーキングされている、と話していた。それはどういう意味かと親友が訊ねると、バーで出会った男が自分について本来知るはずのないことを知っていた、と話したという。話しかけてくるまえから自分のことを男は知っているようだった、とティナは言った」

「彼女にバーで会ったのは一年まえだ。この件は、なにもかも――ちょっと待った。そもそも、どうやってここに話しに来るための情報を手に入れたんだ？」

「彼女はあんたの名前を登録していたんだ。携帯電話の連絡先に。それからナイトテーブルにあんたの本を置いていた」

ティナと会った夜に自分の本の話をしたかどうか思いだせなかった。だが、最終的にわたしの部屋に行き着いたことから、話をした可能性は高かった。

「で、それを根拠にわたしが容疑者であるかのようにここに来たわけか？」

「落ち着け、ジャック。われわれがどんなふうに捜査をするのか知ってるはずだ。徹底した捜査をおこなっている。だから、ストーキングの話に戻ろう。念のため訊くが、ティナがストーキングについて話していたのはあんたのことか？」

「いや、わたしじゃない」

「そりゃよかった。さて、いまのところ最後の質問だ――ＤＮＡ分析用に唾液の検体を自発的に提供してくれないかね？」

その質問にめんくらった。わたしは躊躇した。法律と自分の権利についていきなり考えはじめ、自分がなんの罪も犯しておらず、それゆえ精液から皮膚片にいたるまでどんな形でもわたしのＤＮＡがこのまえの水曜日以降いかなる事件現場でも見つかるはずがないという事実をすっかり飛ばしてしまった。

「彼女はレイプされたのか？」わたしは訊いた。「レイプの容疑もわたしにかけているのか？」

「落ち着いてくれ、ジャック」マットスンは言った。「レイプの痕跡はなかったが、容疑者のＤＮＡを手に入れていると言っておこう」

わたしのＤＮＡが連中のレーダーから逃れるもっとも手っ取り早い方法だ、と悟った。

「まあ、犯人はわたしじゃない。で、いつわたしの唾液を採取したいんだ？」

「いますぐじゃどうだろ？」

マットスンは自分のパートナーを見た。サカイは上着の内ポケットに手を伸ばし、長さ十五センチほどある二本の試験管を取りだした。赤いゴム栓がはまっていて、なかには長い柄のついた綿棒が入っている。ここにいたって、彼らがやってきた唯一の目的はわたしのDNAを入手することだったという可能性がきわめて高い、と悟った。彼らは殺人犯のDNAを入手していた。彼らもまた、わたしが殺人事件に関与しているかどうか判断するのにそれがもっとも手っ取り早い判別方法だとわかっていたのだ。

わたしはいっこうにかまわなかった。連中は結果に失望するだろう。

「やってくれ」わたしは言った。

「ありがたい」マットスンは言った。「ところで、捜査に役立てるためにわれわれができることがもうひとつあるんだ」

知っておくべきだった。少しでもドアをあけたら、連中は限界まで押し広げてくる。

「それはなんだ？」わたしは、じれて言った。

「シャツを脱いでくれないか？」マットスンは言った。「あんたの腕と体を調べられるように」

「どうしてそんな――」

わたしは口をつぐんだ。相手がなにを求めているのかわかった。争いによる引っ掻き傷やその他の傷痕がついていないかどうか確かめたいのだ。DNAの証拠はおそらくティナ・ポルトレロの指の爪から採取されたものだろう。彼女は立ち向かい、自分を殺した人間の一部を奪ったのだ。

わたしはシャツのボタンを外しはじめた。

3

刑事たちが立ち去るとすぐ、わたしはバックパックからノートパソコンを取りだし、オンラインに接続して、クリスティナ・ポルトレロの名前を検索した。二件該当し、両方ともロサンジェルス・タイムズのサイトに載っていた。最初のものは、同紙の殺人事件ブログに言及されているだけだった。ロサンジェルス郡で発生したすべての殺人事件をそのブログでは記録している。その記事は事件の発生当初の段階のもので、ポルトレロが仕事に姿を見せず、電話あるいはSNSを通じたメッセージにも応じなかったので、大家による安否確認で、自宅のなかで死んでいるのが見つかったこと以外の詳しい情報はなにも記されていなかった。その記事では、犯罪行為が疑われているが、死因はまだ特定されていない、と書かれていた。

わたしはそのブログの熱心な読者で、その記事をすでに読んでいたことに気づいた。クリスティナ・ポルトレロが、一年まえの夜に会ったティナ・ポルトレロであると認識せずに記事に目を通していたのだ。最初に読んだときに、出会ったことのある女性だと気づいたとしたら、自分はどうしただろう、と考える。警察に連絡し、自分の経験を伝えただろうか？　少なくとも一度、彼女がひとりでバーにいき、一夜の契りの相手としてわたしを選んだという情報を伝えただろうか？

二番目の該当記事は、サカイ刑事がわたしに見せたのとおなじ写真を載せているもっと情報の多いものだった。ダークブラウンの髪と瞳、実年齢より若い見た目。その記事はすっかり見落としていた。その写真を見たらすぐにわかったはずであるから。

その記事では、ポルトレロは、シェーン・シャーザーという名の映画プロデューサーの個人アシスタントとして働いていたと記されていた。そのことは興味深い、とわたしは思った。というのも、一年まえに会ったとき、彼女は映画産業でほかの仕事をしていたからだ。それはフリーランスのリーダーで、ハリウッドのさまざまなプロデューサーやエージェントのため、脚本や本を読んでその内容をまとめたものを提供する仕事だ。自分のクライアントに届いた素材を読んで、映画やTVドラマに発展する可能性を検討するんだ、とティナが説明してくれたことを思いだした。脚本や本を要約し、それぞれの種類に応じてチェックを入れる――コメディ、ドラマ、ヤングアダルト、歴史物、犯罪物などなど。

ティナは企画候補に「見送り」あるいは「クライアントの会社の幹部によるさらなる検討要」などの自分の意見を添えて、報告書をまとめる。その仕事は、パラマウントやワーナー・ブラザーズ、ユニバーサルといった街の主要なスタジオのなかにある制作会社を頻繁に訪ねる必要があり、オフィスやステージや食堂のあいだを大物映画スターが歩いているのをたまに見かけることがあるので、とてもわくわくするの、とティナが言ったのも覚えていた。

タイムズの記事には、ポルトレロの親友と記されていたリサ・ヒルという女性の発言も引用されていた。ティナは活発な社会生活を営んでおり、最近はいくつかの依存症の問題から脱却していた、と親友は話した。それらの問題がなんなのか、ヒルは明らかにしていなかったし、おそらく訊かれもしなかったのだろう。それはポルトレロの首を百八十度捻って殺した人間とはなんの関係もないことのように思えた。

どちらのタイムズの記事も正確な死因については触れていなかった。二番目の情報量の多い記事では、ポルトレロは首の骨を折ったとだけ記していた。ひょっとしたらタイムズの編集主任たちは事件の詳細を記事に含めない判断をしたのかもしれないし、詳しい情報をもらっていなかったのかもしれない。両方の記事での犯行に関する情報は、一般的な「警察の発表によれば」という形を取っていた。マットスン刑事もサカイ刑事もその名前が言及されることはなかった。

環椎後頭関節脱臼（アトウラントウ＝アクスイピトウル・ディスロケーション）をグーグル検索できるようになるまでに何度かスペルミスを繰り返した。いくつか該当するものが出てきたが、大半は医療関係のサイトで、通常は高速での衝突で外傷を負うような交通事故で見られるものであると説明されていた。

ウィキペディアの引用文が一番まとまっていた——

アトウラントウ＝アクスィピトウル・ディスロケーション（AOD）、整形外科的断頭または内的断頭は、頭蓋底から脊柱の靱帯（じんたい）が離脱することを表す。そのような損傷を受けても人間が生存するのは可能である。しかしながら、即死に至らないケースは三十パーセントにすぎない。かかる損傷の一般的な原因は、頸椎（けいつい）捻挫のような機序（メカニズム）につながる、急で激しい減速である。

その説明のなかの「メカニズム」という言葉が、脳裏から離れなくなりだした。力が強い何者か、あるいはなんらかの道具を持った何者かが、ティナ・ポルトレロの首を力強く捻ったのだ。彼女の頭部あるいは胴体に道具が使われたことを示すなんらかの痕跡があったのだろうか、とわたしは考えだした。

グーグル検索では、自動車事故の死因としてＡＯＤを挙げているものがいくつか出てきた。一件はアトランタで、もう一件はダラスだった。最新の例は、シアトルだった。いずれも事故関連のものと見なされており、ＡＯＤが殺人事件の死因であると言及されたものはなかった。

もっと深く潜る必要があった。ビロードの棺桶のために働いていたとき、わたしは世界中から検屍官(けんしかん)を集めてひらかれる大会に関する記事を書く仕事を割り当てられたことがある。検屍官たちがロサンジェルスのダウンタウンで一堂に会するイベントで、当時の編集長は、そうした場所で検屍官たちが話すことに関する特集記事を望んだ。その記事をわたしに割り当てた編集長は、戦争がらみの話や、日々死と死体を扱っている人々が示す絞首台(ブラック)ユーモアを欲しがった。わたしはその記事を書き、その取材のなかで、死にまつわる異常な状況に直面したときにほかの検屍官に質問する情報源として彼らに主に利用されているウェブサイトの存在を知った。

そのサイトは、コーズオブデス・ドット・ネットと呼ばれ、パスワードで保護されていたが、世界じゅうの検屍官がアクセスできるようにするため、パスワードは大会で手渡される資料の多くに記されていた。大会に参加して以来、わたしは何度かそのサイトを訪れ、覗（のぞ）きこみ、現在、掲示板で話題になっているのはなんなのか見てみようとした。だが、いまにいたるまでなにも投稿したことはなかった。今回投稿するにあたって、わたしは自分を検屍官であると偽って名乗ることはなかったが、そうではないと言うこともなかった。

やあ、みなさん。ここLAで環椎後頭関節脱臼の被害者が出た殺人事件が起こりました——女性被害者、YOA四十四。殺人事件でAODを以前に見た人はいますか？　原因、道具痕、皮膚痕などなどをさがしています。どんな情報も歓迎します。みなさんと次のIAMEコンでお目にかかるのを願っています。ここ天使の街で開催されて以来、顔を出していません。じゃあ、@MELA

　投稿中略語を使って、専門知識があることをほのめかした。YOAは、年齢（イヤーズ・オブ・エイジ）の、AODはアトゥラントゥ＝アクスィピトゥル・ディスロケーションの略語だ。検屍官国際学会（IAME）コンベンションへの言及は、実際にわたしは出席していたので正当なものだ。だが、わたしが現職の検屍官であると、この投稿の読み手に信じさせるのにも役立つだろう。倫理規定を回避しているのはわかっていたが、わたしは記者としてふるまってはいなかった。少なくともいまのところはまだ。利害関係者としてふるまっていた。あの警察官たちはわたしが容疑者であると言っているのに等しかった。彼らはやってきて、わたしのＤＮＡを採取し、両腕と上半身を調べていった。わたしには情報が必要であり、これはそれを得るひとつの手段なのだ。見込みの薄い賭けだとわかっていたが、やってみる価値はあった。なんらかの反応の有無を確かめるため、一日か二日おきにサイトをチェックしてみるつもりだった。

次にわたしのリストに載っているのは、リサ・ヒルだ。タイムズ紙の記事では、ポルトレロの親友として発言が引用されていた。彼女に対して、わたしは帽子を取り替えた——容疑者候補からジャーナリストへ。リサ・ヒルの電話番号を入手しようと決まり切った努力をしたが、なにも見つからず、わたしは彼女の——あるいは彼女だと思った相手の——Facebook ページにメッセージを送ることで連絡を取ろうとした。その Facebook のページは休眠状態にあるように思われ、おなじように彼女の Instagram のアカウントにもメッセージを送った。

どうも、わたしはティナ・ポルトレロ事件を取材しているジャーナリストです。あなたの名前をタイムズ紙の記事で見ました。お悔やみ申し上げます。あなたのお話を伺いたいのです。ご友人について話していただけますか？

　それぞれのメッセージにわたしは自分の名前と携帯電話番号を含めて送ったが、ヒルはそれらのSNSを通して連絡してくる可能性がある、とわかっていた。IAME掲示板のメッセージ同様、待ちのゲームになるだろう。

　調査努力を終えるまえにコーズオブデス・ドット・ネットに戻り、情報の釣行になんらかの当たりがあったかどうか確かめようとした。当たりはなかった。そこで、グーグルに戻って、デジタル・ストーキング（より一般的には、サイバーストーキング、と呼ばれている）に関する情報を読みはじめた。そこに記されている情報の大半は、マットスンが言っていたものと合致していなかった。サイバーストーキングは、少なくともある程度知っている人間によって被害者がいやがらせを受けている場合がほとんどだった。だが、マットスンは、ティナ・ポルトレロが友人に——十中八九、リサ・ヒルだろう——バーで偶然出会った男が自分について知っているはずのないことを知っているようだったとこぼしていたと具体的に言った。

　それを念頭に置いて、わたしはティナ・ポルトレロに関してできるだけの情報を集めることに着手した。彼女を警戒させた謎の男より、わたしのほうがすでに有利な点があるのにすぐ気づいた。SNSのアプリのふだんのチェックリストを調べていきながら、自分がすでにFacebookでティナの友達になっており、Instagramのフォロワーにもなっていることを思いだした。出会った夜にそれらを登録しあったのだ。その後、最初の出会いから二度目のデートに発展せず、われわれのどちらもわざわざ友達登録を外したり、相手をブロックしたりしなかった。これは虚栄心の産物だと認めざるをえない――だれもが登録者の数を増やしたがり、減らしたがりはしない。ティナのFacebookのページは、あまりアクティブではなく、主に家族と連絡をとるのに使われているようだった。われわれが会ったとき、ティナが家族はシカゴにいると言ったのを覚えている。ティナとおなじラストネームを持つ人たちからのいくつかの投稿が去年何度かなされていた。定型的なメッセージと写真をつけた投稿だった。

また、猫と犬の動画もあった。ティナが投稿したものやティナに向けて投稿されたものだ。

Instagramに移ると、ティナがそこではずっとアクティブなのを確認した。定期的に友人とともにあるいはひとりでさまざまな活動に携わっている自身の写真を投稿していた。多くの写真には場所と写っている人間を示すキャプションがつけられていた。その投稿を数ヵ月にわたって遡った。その間、ティナはマウイ島に一度、ラスヴェガスに二度いっていた。さまざまな男女といっしょの彼女の写真があり、クラブやバー、ハウスパーティーに出席している彼女の写真が何枚もあった。それらの写真から、彼女のお気に入りのカクテルがコスモポリタンであるのは明白だった。ふたりが出会った夜、〈ミストラル〉でバーを通って、近づいてきたとき、彼女が手にしていたカクテルがそれだったとわたしは思いだした。

ティナがすでに亡くなっているのは知っているとはいえ、彼女の最近の暮らしぶりを示す写真を見、満ち足りて、アクティブな様子を見ていると、羨ましい気持ちになるのを認めざるをえなかった。わたしの暮らしは、比較するとわくわくするにはほど遠い代物であり、来たる彼女の葬儀で、友人やそれ以外の参列者が異口同音に彼女は精一杯生きたと言うだろうと、歪んだ思いをだいてしまった。わたしの葬儀ではおなじような言葉が口にされるわけがない。

わたしは不甲斐なさを振り払おうとし、SNSが現実の暮らしぶりを反映しているわけではない、と自分に言い聞かせた。誇張された暮らしぶりなのだ。ティナの投稿を調べつづけ、唯一興味を持てる投稿として見つけたのは、四ヵ月まえ、ティナと、同年輩あるいは少し年上の女性が写っている写真とキャプションだった。ふたりはたがいに腕を組んでいた。ティナが書いたキャプションは――

『ついに片親違い(ハーフシスター)の姉のテイラーを見つけだした。彼女は最高に楽しい、片割れ！！！！！』

その投稿から、テイラーが長年連絡がつかず、見つけださねばならなかった片親違いの姉なのか、テイラーの存在を以前はティナが知らなかったのか、見極めるのは難しかった。ハッキリしているのは、ふたりの女性には血のつながりがあるのが顕著だったことだ。ふたりともおなじように額が広く、頬が高く、ダークブラウンの瞳と髪だった。

Instagram や Facebook にテイラー・ポルトレロがいるかどうか確かめようとしたが、検索結果は、ゼロだった。仮にティナとテイラーが片親違いの姉妹だとしても、ふたりは異なるラストネームを持っているようだった。

ＳＮＳの調査を終えると、わたしは完全に記者モードに切りかわり、さまざまな検索エンジンを使って、クリスティナ・ポルトレロに関するほかの情報をさがした。すぐに、ティナのＳＮＳで祝福されているほうではない側面を見つけることができた。ティナは飲酒運転による逮捕歴だけでなく、規制薬物所持による逮捕歴もあった――その薬物はＭＤＭＡだった。より一般的にはエクスタシーやモリーと呼ばれている、気分高揚効果のあるパーティー・ドラッグだ。その逮捕で、ティナは裁判所に命じられたリハビリと保護観察を二度受けることになり、判事に逮捕記録を抹消してもらうため、両方の処分をまっとうした。二度の逮捕は、五年以上まえに起こっていた。オンラインにつないで、死んだ女性の詳しい情報をさらに探っていると、携帯電話が鳴り、画面は非通知の電話であることを示していた。

わたしはその電話に出た。

「こちらはリサ・ヒルです」

「ああ、よかった。お電話ありがとうございます」

「記事を書きたいとおっしゃっていましたが、どこで？」

「そうですね、わたしはフェアウォーニングというオンライン出版社で働いています。聞いたことがないかもしれませんが、うちの記事は、ワシントン・ポストやロサンジェルス・タイムズのような新聞に転載されることがよくあります。おなじようにNBCニュースとも、ファーストルック契約を結んでいます」

相手がキーボードを叩いている音が聞こえ、彼女がうちのサイトにいこうとしているのを知った。彼女が賢明で、抜け目のない人間であるのが知れた。一瞬、沈黙があり、たぶん彼女はフェアウォーニングのホームページを見ているのだろう、とわたしは推測した。

「で、あなたはここにいるの？」やがてリサ・ヒルが訊いた。

「はい」わたしは答えた。「その黒いヘッダー部分にある当社スタッフと書かれたところのリンクをクリックすれば、われわれのプロフィールが出てきます。わたしは最後に載っています。直近で雇われた人間なので」

わたしが指示をしているあいだにクリック音が聞こえた。さらなる沈黙がつづく。

「あなた何歳？」リサ・ヒルが訊く。「オーナー以外のだれよりも年上に見える」

「オーナーではなく、編集長です」わたしは言った。「まあ、彼はロサンジェルス・タイムズ時代の同僚です。彼がここを起ち上げたあとで、わたしは加わりました」

「あなたはLAにいるの？」

「ええ、われわれはここに拠点を置いています。スタジオ・シティに」

「わからないな。どうして消費者向けのこういうサイトがティナの殺されたことに関心を持っているわけ？」

それはわたしが回答を用意していた質問だった。

「わたしの取材対象の一部は、サイバーセキュリティなんです」わたしは言った。

「ロス市警にわたしのネタ元がいて、彼らはわたしがサイバーストーキングに関心を持っていることを知っているんです。なぜなら消費者のセキュリティの分野に関わってくることですから。ティナのことはそれで耳にしました。この事件の捜査を担当している刑事――マットスンとサカイ――と話をしたところ、デートをしたか会ったかした男が自分をデジタル的にストーキングしている、とティナが友人たちにこぼしていた、と彼らから聞きました――デジタル的にストーキングというのは、刑事たちが使っていたフレーズです」

「その刑事たちがあたしの名前をあなたに伝えたの？」ヒルが訊いた。

「いいえ、彼らは証人の名前を他人に伝えたりはしないでしょう。わたしは――」

「あたしは証人じゃない。なにも見ていないもの」

「すみません、そんなつもりで言ったんじゃありません。捜査の観点からすると、事件関連で話をする相手はみな証人だと彼らは考えているんです。あなたが事件の直接の知識をなにも持っていないのは、わかっています。わたしはあなたの名前をタイムズの記事で目にしました。連絡したのはそれが理由です」

ヒルが答えるまえにさらなるタイピングの音が聞こえた。マイロンに電子メールを書いて、わたしをさらに調べようとしているんだろうか。マイロンは、フェアウォーニングのスタッフ・ページの一番上に名前があり、創業者兼執行取締役として記されている。

「ビロードの棺桶という名のところで働いていたことがある？」ヒルが訊いた。

「ええ、フェアウォーニングに来るまえに」わたしは答えた。「地元に拠点を置く調査報道機関でした」

「そこには、あなたが六十三日間、投獄されたと書かれているけど」

「わたしは情報源を秘匿していたんです。連邦政府が情報源を知りたがったんですが、わたしは最後まで名前を明かすつもりはなかった」

「どうなったの？」

「二ヵ月後、情報源の女性がみずからの意思で表に出てきて、連邦政府は望んでいたものを手に入れたため、わたしは釈放されました」

「情報源の女性はどうなったの？」

「彼女はわたしに情報を漏洩したとして解雇されました」

「ああ、なんてこと」

「そうですね。質問していいですか？」

「どうぞ」

「わたしは気になっているんです。どうやってタイムズはあなたを見つけたんでしょう？」

「あたしは一度、タイムズのスポーツ欄担当の人間とデートをしたことがあるの。その人はあたしのInstagramをフォローしていて、ティナが亡くなったあとであたしが投稿した写真を目にし、あの記事を書いた記者に、死んだ女の子と知り合いの人間を知っていると伝えた」

ときには、そういうふうにきっかけが生じる場合がある。わたしも自分のキャリアのなかで、何度もそういう事態に出くわした。

「なるほど」わたしは言った。「では、サイバーストーキングについて刑事たちに話をした友人というのは、あなたなんですね？」

「刑事たちがティナに最近変わったことはなかったかと訊いてきたんだけど、数ヵ月まえにあの子がバーでひっかけたどこかのクソ野郎が自分のことを知りすぎているようだったという話以外なにも思いつかなかったの。ちょっとぼかしあの子を怖がらせた」

「知りすぎているとはどのように？」

「うーん、詳しくはあまり話さなかったな。バーでその男と会ったんだけど、偶然の出会いのはずだったのに、仕組まれたことのように思えたんだ、と言ってただけ。ふたりでお酒を飲んでいたら、相手の話を聞いているうちに、自分が何者なのかとか、自分に関するいろんなことをこいつはすでに知っているんだと悟ったんだって。それがじつに不気味だったんで、あの子は店から逃げだしたの」

わたしはいまの話を段階を追ってたどっていくのが難しかったので、話をいくつかの部分にわけようとした。

「オーケイ、まず、ふたりが出会った場所の名前はわかりますか?」わたしは訊いた。

「知らないけど、彼女はヴァレー地区にある店によくいっていた」ヒルは言った。「ヴェンチュラ大通りにある店に。そのあたりの店に来る男はそれほどしつこくないんだ、と言ってた。それに、あの子の年齢にも関係していたと思う」

「どういうふうに関係していたんでしょう?」

「あの子はだんだん年を取っていった。ハリウッドや、ウェスト・ハリウッドのクラブに来る連中は、みんなもっと若いか、もっと若い女をさがしている」

「なるほど。あなたは警察に彼女がヴァレー地区の店を好んでいたと話しましたか?」

「ええ」

わたしはヴェンチュラ大通りのレストラン・バーでティナと会った。マットスンとサカイのわたしへの関心について、徐々にわかってきた。

「彼女はサンセット・ストリップ近くに住んでいたんですよね？」わたしは訊いた。

「ええ」ヒルは答えた。「丘を登ったすぐのところに。古い〈スパゴ〉レストランの近く」

「では、彼女は丘を越えてヴァレー地区まで車でよく出かけていた？」

「いえ、車ではけっして出かけていない。少しまえに飲酒運転で捕まっていて、出かけるときに車を運転するのをやめていたの。ウーバーかリフトを利用していた」

マットスンとサカイはティナのウーバーとリフトの記録を入手しているだろう、と思った。それによって、ティナが頻繁に出入りしていたバーを突き止め、彼女のほかの動きを特定できるはずだ。

「それから、ストーキングの話に戻りますが」わたしは言った。「彼女はひとりでクラブに出かけ、その男に会ったんでしょうか、それともデート・アプリとかそういったものを通して、事前にアレンジしていたんでしょうか？」

「いえ、あの子は好き勝手にやってたの」ヒルは言った。「たんにほろ酔い気分になり、音楽を聴いて、男性と出会うかもしれないと店に出かけていた。そして、バーでその男とたまたま出会った。彼女の立場からすれば、偶然の産物であり、あるいは偶然であるはずだった」

ティナとわたしのあいだに起こったことは、一度きりの出来事ではないようだった。ティナはうまくいけば男性と出会うため、ひとりでバーにいく習慣があった。わたしは女性に対して古くさい信念を持つほうじゃない。女性は好きなように、どこへいこうと、なにをしようと、自由だ。被害者は、自分の身に起こることに責任がある、とはわたしは思っていない。だが、飲酒運転と過去の薬物所持を考え合わせ、ティナに対するわたしの見方は、進んでリスクを冒しがちな人間だというものになった。それほどしつこくない男たちがいるバーに出かけるというのは、安全性を考えると充分ではなかった。安全なはずがなかった。

「オーケイ、では、ふたりは店で会い、話をはじめ、バーでお酒を飲んだ」わたしは言った。「彼女はその男とまえに会ったことはなかったんですね？」

「そのとおり」ヒルは言った。

「彼女をぞっとさせた男の言葉というのは具体的になんだったのか、彼女はあなたに話しましたか？」

「はっきりとは。たんに、『そいつはあたしのことを知っていた。知っていたんだ』

ったみたい」
と言っただけ。その男がうっかり口を滑らせ、偶然の出会いではないのがバレてしま
「その男は彼女がクラブに到着したとき、すでにそこにいたのか、それともあとから
入ってきたのか、彼女はなにか言ってましたか？」
「言わなかった。ちょっと待って、ほかの電話がかかってきた」
ヒルはわたしの返事を待たなかった。彼女は別の電話に切り換えてしまい、わたし
は待った。クラブでの出来事について考える。ヒルが電話に戻ってくると、口調や言
葉遣いがまったく異なるものに変わっていた。刺々しく、怒りに充ちた声だった。
「このクソ野郎。ゴミ野郎。あんたがその男だ」
「なに？　いったいなにを――」
「いまのはマットスン刑事からだった。あたしは彼にメールを送ったの。あんたは記
事の取材なんかしているんじゃないから、あんたから離れておくべきだと言われた。
あんたはあの子を知っていたんだ。ティナを知っていて、いまあんたは容疑者なん
だ。このクソッタレ」
「いや、待ってくれ。わたしは容疑者じゃない。記事の取材をしているんだ。ああ、
一度、ティナに会ったことがあるが、わたしはその男じゃない――」

「金輪際あたしに近づかないで！」

ヒルは電話を切った。

「クソ！」

わたしは腹を殴られた気がした。自分が用いた計略を見破られた恥ずかしさで顔が赤くなった。確かにリサ・ヒルに嘘をついた。なぜそうしたのか、あるいは自分がなにをしているのか、自分でもよくわからなかった。刑事たちの来訪で、わたしは兎の巣穴に転げ落ちてしまい、自分の動機がよくわからなくなっていた。クリスティナ・ポルトレロと自分のためなのか、それとも事件と自分がそれについて書くかもしれない記事のためなのか？

クリスティナとわたしは一度だけで終わった関係だった。あの夜、彼女は迎えの車を呼び、帰っていった。わたしはもう一度デートをしてくれるよう頼んだが、彼女はノーと答えた。

「あなたはあたしにはまじめすぎるみたい」ティナは言った。

「どういう意味だい？」わたしは訊いた。

「うまくいかないという意味」

「なぜ？」

「悪く思わないで。たんにあなたはあたしのタイプじゃないと思うの。今夜はすばらしかった。でも、長続きはしないと思う」

「まあ、だとすれば、きみのタイプというのはどんなんだい？」

ダサい問いかけだった。彼女はただ笑みを浮かべると、もうすぐ車が到着する、と言った。彼女はドアから出ていき、わたしは二度と彼女に会うことがなかった。

いまや彼女は亡くなり、わたしはそのまま放っておくことができなかった。わたしの人生は、ふたりの刑事が車庫で近づいてきた瞬間から、どういうわけか変わってしまった。いまやわたしは兎の巣穴を下っており、その場所で前方に待ち受けているのが暗闇とやっかい事だけだと勘づいていた。だが、記事がある、とも感じていた。いい記事が。わたしが得意とする記事が。

四年まえ、わたしはひとつの記事のせいですべてを失った。仕事と愛した女性を。わたしが台無しにしてしまった。わたしは自分が持っているなかでもっとも貴重なものを大事にしなかった。ほかのなによりも自分と記事を優先させてしまったのだ。確かにわたしは黒い海を渡ってしまった。わたしはかつてひとりの男を殺し、あやうく殺されかけた。わたしは仕事とその理念へのこだわりのため、投獄されるはめに陥ったが、心の奥底で、あの女性がわたしを救うため、自身を犠牲にするだろうと知っていた。すべてが崩壊したとき、みずからに課した懺悔(ざんげ)は、すべてを捨て去り、異なる方法へ自分を向けることだった。はるか昔に、死はわが職業だ、とわたしは言った。いまやクリスティナ・ポルトレロの事件が現れ、いまでもそうなんだとわかった。

4

　翌朝、オフィスに入っていくとマイロンがわたしを待ち受けていた。われわれが働いている編集室は、平等主義のオープンフロア・デザインになっている――個々の間仕切り区画がひとつにまとまっていた。編集長から直近で雇われた人間（わたしだ）にいたるまで全員がおなじワークスペースを持っていた。アップライティングが天井のタイルに反射して、それぞれのスペースに優しく降り注いでいる。われわれのデスクトップ・コンピュータには、静音タッチのキーボードが備わっている。ときには、だれかが電話を使っていないかぎり、月曜日の教会のように静かになることがあり、電話を使うときも、ほかの人間の邪魔をしないようにオフィスの奥にある会議室に移動することすらあった。わたしがキャリアの初期に働いていた編集室とは似ても似つかない。そこではキーボードをぶっ叩く騒音だけで、自分がしていることに集中できなくなるほどだった。

会議室は、窓から編集室を見渡せるようになっていて、飛びこみ客のインタビューや従業員の会合にも使われていた。その部屋にマイロンはわたしを連れていき、なかに入ってから後ろ手にドアを閉めた。われわれは楕円形（だえんけい）のテーブルに向かい合って腰を下ろした。マイロンは、わたしの「詐欺師王」記事と思われるプリントアウトをテーブルに置いた。彼は守旧派だ。紙に赤ペンで校正してから、わが社のオフィス・アシスタントであるタリー・ガルヴィンにその変更箇所をデジタルで入力させていた。

「ということは、こっちで付けた主見出しが気に入らないんだ」わたしは言った。

「ああ、主見出しは記事が消費者にとってどんな意味を持つかを示すものでなければならず、記事の性質――良し悪し（よしあし）、悲劇的か感動的か――を示すものではない」マイロンは言った。「だが、ここできみに話したいのはそういうことじゃない」

「じゃあなんだい、記事自体を気に入らなかったのか？」

「記事はよくできている。よくできているなんてものじゃない。きみの最高の作品のひとつだろう。だが、わたしが話したいのは、昨夜受け取った電子メールのことなんだ。苦情だ」

　わたしは不安になって笑い声を上げた。本能的に、なんの件かわかったが、わたしは素知らぬ顔をした。

「なんに関する苦情かな？」

「電子メールを送ってきた女性——リサ・ヒル——が言うには、きみは自分が容疑者である殺人事件に関する取材で、身分を偽ったという。ふだんなら、そのメールを削除するか、ほかの頭のおかしい連中から届いたものといっしょに壁に貼っておくだろう」

休憩室には、うちが発表する記事に対するきわめて見当外れで、不気味な反応のプリントアウトを社員が貼っているコルクボードがあった。しばしば、それらはわれわれの記事で取り上げる消費者に対する危険の背後にいる企業や人間から届いた。フェアウォーニングではそのボードを恥の壁と呼んでいる。

「だがな」マイロンは言った。「けさ一番にロス市警からこの女性の電子メールを裏付ける電話がかかり、ロス市警からも苦情が入った」

「それはまったくのでたらめだよ」わたしは言った。

「じゃあ、なにが起こっているのか教えてくれ。電話をかけてきた警官は友好的な態度じゃなかった」

「そいつの名前はマットスンだったかい？」

マイロンはプリントアウトを見下ろし、自分が手書きしたいくつかのメモを見た。

彼はうなずいた。

「その男だ」

「オーケイ、今回の一件は、昨晩、仕事を終えて自宅に車で帰ったときからはじまったんだ」

わたしは昨夜起こったことを順を追ってマイロンに説明した。マットスンとサカイがわたしを追って共同住宅の車庫にやってきたことからはじまり、メッセージに応じてリサ・ヒルから電話がかかり、彼女が誤解して怒り、電話を切ったところまで。マイロンは、守旧派の記者のつねとして、わたしが話をしているあいだメモを取っていた。わたしが話し終えると、マイロンは自分のメモを見直してから、口をひらいた。

「オーケイ」ようやくマイロンは言った。「だが、殺人事件を扱う記事をフェアウォーニングに載せる価値があるものだときみが考えている理由が釈然としない。だから――」

「だけど、そんな――」

「最後まで言わせてくれ。だから、きみはフェアウォーニングと、ここでの記者としての自分の合法的な立場を利用して、なにか別のことを調べているんだとわたしは思う。きみの知り合いだったその女性の死を。なにが言いたいかわかるな？　正しいことは思えないんだ」

「オーケイ、いいかい、リサ・ヒルが電子メールを送ってきたり、警官が電話をかけてきたりするしないにかかわらず、おれはきょうここに来て、これが次のおれの記事だとあんたに伝えるつもりだった」

「きみの記事にはなりえない。利益相反している」

「なにが？　一年後に殺された女性と知り合いだったからか？」

「いや、きみがこの事件の容疑者だからだ」

「それはたわごとだ。リサ・ヒルが電話を切るまえに言った事柄と、被害者のＳＮＳを調べてみた結果から、被害者がおおぜいの男たちとデートしていたのはきわめて明白なんだ。それがいいとか悪いとかじゃなく、彼女とデートしていた男性全員が、おれを含め、容疑者だ。あの警官たちは大きな網を投じようとしているだけなんだ。連中は事件現場でＤＮＡを採取している。だから、おれからＤＮＡのサンプルを取っていき、そして——」

「きみはさっき話した説明のなかで、都合よく自分のことを省いていたぞ」

「それが重要だとは思わないからだ。重要じゃないんだから。肝腎なのは、おれは自発的にＤＮＡを提供したという点だ。いったん分析されればおれの容疑が晴れるとわかっているからだ。そして自由にこの記事を書ける」

「どんな記事を書くんだ、ジャック？　われわれは消費者のための番犬であって、ロサンジェルス・タイムズの殺人ブログじゃない」

「記事は殺人事件を扱うものじゃない。つまり、実際には殺人事件なんだが、記事の狙いはサイバーストーキングであり、それは消費者保護の領域に踏みこむものだ。だれもがSNSを利用している。これはサイバー上の捕食者に対してわれわれがどれほど脆弱（ぜいじゃく）であるかを取り上げた記事なんだ。プライバシーがいかに過去の遺物であるかという記事になる」

マイロンは首を横に振った。

「古くさいネタだ」マイロンは言った。「全国のあらゆる新聞ですでに取り上げられてきた。それはわれわれが取り組めない記事であり、わたしはきみにそのネタを追いかけさせるわけにはいかん。うちが必要としているのは、新境地をひらき、大勢の目を惹きつける記事だ」

「そういう記事になると保証する」

マイロンは首を横に振った。平行線をたどりそうだ。

「どうやったらこれを目新しいものにできるというんだ？」マイロンは訊いた。

「満足いく答えをだすには、それなりに時間を費やして調べなければならないだろうが、しかし――」

「いいか、きみはこの手の記事で輝かしい歴史を持つ偉大な記者だ。だが、ここでわれわれがやっているのは、それとはちがうんだ、ジャック。われわれには報道に確固たる目的があり、それは追求し、達成しなければならないものなんだ」

もともと同僚だったため、マイロンがかなり居心地の悪い思いをしているのがわたしにはわかった。ジャーナリスト養成学校を出たばかりの駆けだしを叱りつけているのではない。

「うちにはフォロワーがいて、拠点がある」マイロンはつづけた。「うちの読者は、わが社の社是――屈強な番犬としての報道――に従ってなにが書かれているのか期待してうちのサイトを訪れているんだ」

「読者と経済的支援者が、どんなネタをわれわれが追及するのか決めていると言っているのかい？」わたしは訊いた。

「あのな、その話はやめてくれ。支援者の話はしていないし、きみはそうじゃないとわかっている。われわれは完全に独立した報道機関だ」

「喧嘩（けんか）をはじめようとしているんじゃない。しかし、どんな最終結果になるのかわかってすべての取材をおこなうとは限らない。最高の報道は、疑問からはじまる。だれが民主党の全国本部に侵入しようとするだろうかという疑問から、だれがおれの兄を殺したんだという疑問まで。サイバーストーキングのせいで、クリスティナ・ポルトレロは殺されたのか？　それがおれの疑問だ。もしその答えがイエスなら、それこそフェアウォーニングの記事になる」

マイロンはメモを見てから、答えた。

「それは大きなもしだな」ようやくマイロンは言った。

「わかってる」わたしは言った。「だけど、だからと言って、疑問の答えを見つけようとしないことを意味しない」

「わたしはきみがそのネタに膝までどっぷり浸かっているのが、まだ気に入らんな。警官たちはきみのDNAを採取したんだぞ、ったく！」

「ああ、おれが連中に渡した。自発的に渡したんだ。もしおれが今回の事件になにか関係していたとしたら、『いいとも、諸君、わたしのDNAを取っていくがいい。弁護士は不要だ。ためらう必要はない』と言うと思うか？　いや、マイロン、おれはそんなこと言うつもりはない。実際にそんなことは言わなかった。おれに対する今回の容疑は晴れるだろうが、もし警察のラボが検査をするのを待っていたら、われわれは勢いを失い、ネタを失ってしまうだろう」

マイロンは自分のメモをじっと見ていた。もう一押しだとわかった。

「いいかい、二、三日、こいつを取材させてくれるだけでいい。なにか見つかるか、見つからないかだ。見つからないなら、撤退して、なんであれ、あんたが課してくるものに取り組む。殺人ベビーベッド、危険なチャイルドシート――ご要望なら、赤ん坊関係の取材を全部引き受けてもいい」

「おいおい、馬鹿にしちゃならんぞ。赤ん坊関係のネタは、うちでやっているほかのどんなものより耳目を集めるんだ」

「わかってる。なぜなら赤ん坊は保護を必要としているからだ」

「わかった、次のステップはなんだ……もしこの取材をつづけさせれば？」

戦いに勝ったとわたしは思った。マイロンは負けを認めようとしていた。

「被害者の両親だ」わたしは言った。「ストーキングされていることについて、彼女が両親になんと言っていたのか知りたい。また、片親違いの姉妹を見つけたことについて自分のInstagramでちょっとしたことを投稿していた。それがどういう意味なのかわからないので、確かめたい」

「両親はどこにいるんだ？」マイロンは訊いた。

「まだ定かではない。ティナ・ポルトレロはシカゴ出身だとおれに話した」

「きみはシカゴには出張できんぞ。そんな予算はない――」

「わかってる。シカゴにいかせてくれと頼む気はない。すばらしいものが世のなかにはあるんだ。電話という名前だ、マイロン。欲しいのは、時間だ。経費が欲しいんじゃない」

マイロンが返事をするまえにドアがあき、タリー・ガルヴィンが顔を覗かせた。

「マイロン」ガルヴィンは言った。「警察が来ているんだけど」

わたしは椅子に寄りかかり、窓越しに編集室を見た。マットスンとサカイがオフィスの一般出入り口のそばにあるタリーの机のまえに立っているのが見えた。

「そうだな」マイロンは言った。「追い返せるものなら追い返せ」

タリーはふたりの刑事のもとに向かい、マイロンはテーブル越しにわたしを見た。声をひそめてマイロンは言った。

「ここはわたしに任せろ」と、マイロン。「きみはなにも言うな」

わたしが抗議するいとまもなく、会議室のドアがひらき、マットスンとサカイが入ってきた。

「刑事さん」マイロンが言った。「わたしはマイロン・レヴィン、フェアウォーニングの創業者にして執行取締役です。けさ、おふたりのどちらかとお話ししましたね」

「それはわたしだ」マットスンが言った。「わたしがマットスンで、こちらはサカイ刑事」

「座って下さい。ご用件はなんですか？」

サカイは椅子をテーブルから引っ張りだしはじめた。

「座る必要はない」マットスンが言った。

サカイは固まった。まだ椅子に手を置いたままでいる。

「必要なのは、あんたたちに引き下がってもらうことだ」マットスンはつづけた。

「われわれは殺人事件捜査をおこなっており、いいかげんな記者たちに詮索され、台無しにされるのがもっとも困る。引き下がってもらおう」

「いいかげんな記者ですか、刑事？」マイロンが言った。「それはどういう意味です？」

「あんたらは本物の記者ですらなく、こいつに走りまわらせ、われわれの証人に話しかけ、彼らを怯えさせているという意味だ」

マットスンはわたしを身振りで示した。わたしが〝こいつ〟だ。

「でたらめだ」わたしは言った。「わたしがやってたのは――」

マイロンは片手を出して、わたしを制した。

「刑事さん、うちの記者はネタの取材をおこなっていたんです。そしてわれわれをいいかげんななにかだと思っているのなら、われわれは完全に認識され、かつ法にかなっているマスメディアの一員であり、十全な報道の自由を享受していることを知っておいていただきたい。価値のあるニュース記事を追及している間、われわれは脅かされることはありません」

マイロンの冷静な物腰と強い言葉にわたしは驚いた。五分まえ、彼はわたしの動機と、わたしが追及したがっているネタを疑問視していたというのに。だが、いまわれわれは、結束を固め、断固たる態度を取っていた。これがマイロンのところに働きにきた一番の理由だった。

「自分のところの記者が刑務所に入るはめになったら、ろくなネタは手に入らないだろう」マットスンは言った。「マスコミの同業者たちにとって、それはどう映るだろうな?」

「もしわれわれがこのネタを調べつづけたら、うちの記者を刑務所送りにすると言っているんですか?」マイロンが訊いた。

「この男が記者から第一容疑者にすぐさま変わりかねないと言っているのであり、そうなったら、報道の自由はたいした問題にはならないんじゃないかな？」

「刑事さん、もしあなたがうちの記者を逮捕するなら、広く関心を集める記事になるのは間違いありません。全米規模のニュースになるでしょうな。記者があなたの見つけられなかった答えを見つけるかもしれないと怖れるあまり、彼に対して事件をでっち上げ、あなたと市警が間違ったことを認めざるをえなくなったときにもおなじことが起こるでしょう」

マットスンは返事をためらっているようだった。やがて彼は口をひらいた。マイロンが堅牢な壁であるのを理解したいま、まっすぐわたしを見て言った。だが、もはや言葉に切れを欠いていた。

「これが最後の警告だが、この件に近寄るな」マットスンは言った。「リサ・ヒルに近寄るな。この事件に近寄るな」

「なにもつかんでいないんだろ？」わたしは訊いた。

マイロンの手が伸びてきて、またわたしを黙らせる合図をするのを予想していた。だが、今回、マイロンはなにもしなかった。ひたすらマットスンを見て、返事を待っている。

「こっちにはあんたのＤＮＡがあるんだ、おっさん」マットスンは言った。「それがきれいなまま戻ってくるのを期待しといたほうがいいぞ」

「そうなれば、身の潔白が証明される」わたしは言った。「あんたらはなにも手に入らず、人を脅し、だれも真相を突き止められないようにしようとして時間を無駄にしているんだぞ」

マットスンはわたしが自分の言っていることをわかっていない愚か者であるかのようにせせら笑った。

そののち、手を伸ばし、物言わぬサカイの腕を叩いた。

「いくぞ」マットスンは言った。

マットスンは踵を返し、サカイを連れて出ていった。マイロンとわたしは窓越しに、ふたりが編集室のなかをふんぞり返って歩き、ドアに向かうのを見た。わたしは気分がよかった。支援され、守られていると感じた。いまはジャーナリストでいるにはいい時期ではない。フェイクニュースが蔓延し、記者は権力者たちによって人民の敵としてラベルを貼られている時代だった。新聞は右顧左眄し、この業界はデススパイラルに陥っているとも言われていた。その一方で、偏向し、チェックの入っていない報道やメディア・サイトが勃興しており、公平なジャーナリズムとなんらかの意図を含んだジャーナリズムとの境界線がますます曖昧になっていた。だが、マイロンがマットスンを扱うやり方に、わたしはメディアがひるまず、偏見を持たず、それにより脅迫されなかった時代への回帰を見た。ひさしぶりに自分が正しい場所にいるのだとふいに悟った。

マイロン・レヴィンは資金を調達し、ウェブサイトを運営しなければならなかった。それが彼の優先事項であり、本人が希望しているようには記者の活動をできずにいた。だが、記者の帽子を被ったときのマイロンは、わたしがいままで知っているどんな記者よりも容赦なかった。マイロンについて、ロサンジェルス・タイムズの消費者担当記者だった当時の有名な話がある。早期退職に応じ、新聞社を離れ、その際の割増し退職金をフェアウォーニングの設立資金にするまえの話だ。報道の世界では、悪党の正体を暴き、詐欺師の正体を暴いて、詐欺をやめさせる記事を書くことほど、記者を気分よくさせるものはない。たいていの場合、ペテン師は、自分の無実と、損害を主張する。何百万ドルもの訴訟を起こしてからこっそり街を抜けだし、ほかのどこかで再出発を遂げるのだ。マイロンにまつわる伝説では、彼は一九九四年のノースリッジ地震後の地震被害修理の詐欺をおこなっていたペテン師の正体を暴いた。いったんタイムズの一面で曝露されると、ペテン師は、無実を主張し、一千万ドルの損害賠償を求める名誉毀損の訴訟を起こした。訴訟書類のなかで、ペテン師は、マイロンの記事のせいで、多大なる屈辱と苦悩を与えられ、その損害は、自分の評判や収入だけでなく、健康にも及んだと主張した。マイロンの記事によって直腸から出血したとペテン師は言った。そしてそれがマイロンの記者としての伝説的立場を固めたのだった。マイロンが書いた記事は、男に尻から出血させたと言われたのだ。これに勝ることができる記者はだれもいないだろう。たとえ何百万ドルを求めて訴えられようとも。

「ありがとう、マイロン」わたしは言った。「支援してくれて」

「あたりまえだ」マイロンは言った。「さあ、ネタをものにしてくれ」

ふたりの刑事がオフィスのドアを通り抜けるのを見ながら、わたしはうなずいた。

「それからこの件では気をつけたほうがいいぞ」マイロンは言った。「あのクソ野郎どもは、きみを嫌っている」

「わかってる」わたしは答えた。

5

編集長兼発行人の承認を得て、わたしは正式にネタの取材に取り組むことになった。そして、最初の正式な行動を取ったところ、幸運に恵まれた。ティナ・ポルトレロのSNS調査に戻り、彼女のFacebookのタグ付け記録から、母親のレジーナ・ポルトレロを特定し、母親自身のFacebookのページを通して、本人に連絡を取った。もしレジーナがシカゴの自宅から連絡してきたなら、電話で話をする予定を立てられるだろう、とわたしは思った。

最近家族を亡くした遺族とは電話で話すのがもっとも安全だった——婚約者の突然の死を悲しんでいる女性に間違った質問をしたせいで、わたしの顔にはまだ傷痕が残っている。

だが、電話では失われたり、逃したりするものがありうる——会話のニュアンスや表情や感情などだ。

ところが、今回は、幸運が舞いこんできた。私信を送ってから一時間もしないうちに、レジーナがわたしに連絡をしてきて、娘を実家に連れ帰る手配をするため、いまロサンジェルスにいるのだという。ロンドン・ウェスト・ハリウッドという名のホテルに泊まっており、明朝、ロサンジェルスを離れる予定とのことだった。ティナの遺体をジェット機の貨物庫に載せて。ティナについて話をするため、ホテルに来るようレジーナはわたしを招いてくれた。

わたしはのんびりと招待を受けることはできなかった。とりわけ、マットスンとサカイがわたしに関してレジーナに警告する役目を買って出るかもしれないとわかっているときには。一時間でホテルのロビーにいく、とレジーナに伝えた。わたしはマイロンに行き先を伝えると、ジープに乗って出発し、コールドウォーター・キャニオン・ドライブを南に向かってサンタモニカ山脈を越え、ビバリーヒルズに降りていった。それからサンセット大通りを東に進み、サンセット・ストリップに向かった。ロンドン・ウェスト・ハリウッド・ホテルは、サンセット・ストリップのどまんなかに位置していた。

レジーナ・ポルトレロは六十代なかばの小柄な女性だった。ということは、ティナを産んだのは、かなり若いころだった。一番似ていると思ったのは、おなじダークブラウンの瞳と髪の毛だった。サンセット・ストリップから南に半ブロックいった、サンヴィセンテにあるホテルのロビーで、レジーナはわたしを迎えてくれた。ホテルの所在地は、彼女の娘の住居のそばだった。ティナはここからほんの数ブロック離れたところに住んでいた。

われわれは客室の用意が整うのを宿泊客が待つためのスペースであろうアルコーブに腰を下ろした。だが、現時点でそこにはほかにだれもいなかったので、われわれはプライバシーを保てた。わたしは手帳を取りだし、太ももに置いた。可能なかぎり目立たぬようにして、メモを取れるように。

「ティナにどんな興味があるんですか？」レジーナが訊いた。

当初のやりとりではそういうことを訊いてこなかったので、レジーナの最初の質問にわたしは面食らった。いまや彼女はわたしがしていることを知りたがっており、充分に正直に答えないかぎり、このインタビューははじまるまえに終わってしまうだろう、とわかった。

「まず最初に、心よりお悔やみ申し上げます」わたしは言った。「あなたがいまどんな思いでおられるのか想像もできませんし、差し出がましい人間にもなりたくありません。ですが、この事件の捜査に携わっている警察関係者から聞いた話で、状況が変わり、ティナの身に起こったことは、一般の人も知っておいたほうがいいことかもしれないとわたしに思わせるにいたったのです」

「よくわかりません。あの子の首に起こったことを言っているのでしょうか？」

「いえ、ちがいます」

彼女の最初の質問に対するぎこちない回答が、娘が殺された恐ろしい方法を思いださせてしまったことをわたしは悔やんだ。いろんな意味で、顔を手の甲で引っ叩かれたほうがましだっただろう。婚約指輪のダイヤモンドが皮膚を抉り、あらたな傷を残していったほうが。

「えーっと」わたしは口ごもりながら言った。「わたしが言おうとしていたのは……警察関係者から、娘さんがサイバーストーキングの被害者かもしれない、と聞いたということです。そしていまのところ、わたしの知るかぎりでは、両者が関係している証拠はないということでしたが……」

「警察はそのことをわたしに話してくれませんでした」レジーナは言った。「なんの手がかりもない、と言ったんです」

「彼らの代弁をしたくはないんですが、ひょっとしたら、確実なことがわかるまで、あなたになにも言いたくないのかもしれません。ですが、娘さんが——リサ・ヒルのような――友人たちに、自分がストーキングされている気がすると話していたというのがわたしの理解です。それに正直に申し上げて、そこがわたしの関心のある点です。それは消費者問題的なんです――プライバシーに関わることであり――もしそこに……問題があるとすれば、わたしはそれを記事にするつもりです」

「どのようにストーカー被害に遭っていたんです？　まったく聞いていないんですが」

わたしは自分がそこで困った事態に陥っているのがわかった。レジーナに彼女の知らないことをわたしは話しており、わたしが帰ったあとでまっさきに彼女はその件でマットスンに電話するだろう。そうなれば、マットスンはわたしがまだ事件を積極的に取材しているのを知り、レジーナはティナとその死にわたしが寄せている関心が、わたしが短期間とはいえ親しくティナを知っていたことで、その信頼性を損なわれているのを知ることになる。つまり、いまがティナの母親と話をできる唯一無二の機会になるだろう、ということだ。レジーナは、リサ・ヒルがそうだったのとおなじようにわたしに背を向けてくるだろう。

「娘さんがどのようにストーキングされていたか、詳しくは知りません」わたしは言った。「警察が言ってたのはストーキングされていたというそれだけなんです。娘さんの友人であるリサと話したところ、ティナはバーである男と出会ったのですが、相手はその店で自分を待ち構えていたような気がした、とティナが言っていたそうです。偶然の出会いではなかった、と」

「あの子にはバーのたぐいに近づかないように言ってたの」レジーナは言った。「だけど、あの子はそれができなかった——逮捕され、リハビリを受けたあとでも」

受け答えが釣り合っていなかった。わたしは彼女の娘がストーキングされていたことについて話しているのに、母親は娘の薬物と飲酒の問題に固執していた。

「ひとつのことが別のことに関係していたと言っているんじゃありません」わたしは言った。「警察もまだわかっていないと思います。ですが、娘さんが逮捕され、リハビリを受けていたのは存じています。彼女がバー通いをしていたことと関係あるとおっしゃっているのですか？」

「あの子はしょっちゅう外出し、見ず知らずの人間と会っていたんです……」レジーナは言った。「高校時代からずっと。いつかこんな結末になるかもしれない、とあの子の父親は娘に言ってました——警告していたの——だけど、あの子は耳を貸そうとしなかった。気にしていないようだった。あの子は最初から男の子に夢中だった」

レジーナは話しながら遠くを見つめているようだった。男の子に夢中とは、無邪気な言葉のようだが、母親は娘の思い出を若い女性として見ているのがはっきりしていた。動揺や心残りのあった不愉快な思い出。

「ティナは結婚したことがありますか？」わたしは訊いた。

「いえ、一度も」レジーナは言った。「ひとりの男性に縛られたくないと言ってました。あの子が一度も結婚しないことでお金の節約になった、と夫がよく冗談を言ってました。だけど、あの子はわたしたちの一人娘で、娘の結婚式の計画を立ててあげたい、とわたしはずっと願ってました。そんなことは起こらなかった。あの子は自分が会う男性がけっしてもたらすことができないなにかをずっと求めていた……それがなんだったのか、わたしにはわかりませんでした」

わたしはティナのSNSで目にした投稿を思いだした。

「娘さんのInstagramで、彼女が姉妹を見つけたと言っているのを見ました」わたしは言った。「片親違いの姉妹である、と。ですが、その女性はあなたの娘ではないんですね？」

レジーナの表情が変わり、わたしは彼女の人生のまずいものに触れてしまったのを知った。

「その件については話したくありません」レジーナは言った。

「すみません、わたしはなにか間違ったことを言ったんでしょうか？」わたしは訊いた。「なにがあったんです？」

「最近の人たちはみんな、ああいうものにひどく関心があるんです。自分たちはどこから来たのか。元はスウェーデン人なのか、インド人なのか。自分たちがなにで遊んでいるのかわかっていないのよ。あなたがいま触れたのはその手のプライバシーに関わる事柄です。秘密のままにしておくべき秘密があるんです」

「片親違いの姉妹は秘密なんですか？」

「ティナは自分のＤＮＡを送り、その次にあの子がしたのは、ネーパーヴィルに片親違いの姉妹がいる、とわたしたちに伝えることでした。あの子は……こんなことをあなたに言うべきじゃありません」

「オフレコで話して下さい。けっして記事には載せません。ですが、もしそれが娘さんを理解し、彼女がなにに興味を抱いていたのか知る助けになるなら、重要なものになりえます。娘さんが自分のＤＮＡを分析に出した理由をご存知ですか？　彼女はさがして――」

「だれにわかります？　それっていろんな人がしていることじゃないですか？　迅速で、廉価なんです。あの子にはそういうことをしていた友だちがいたんです。自分たちの先祖探しをしている」

わたしは自分のＤＮＡを遺伝子解析サイトに送ったことはないが、送った知り合いがおり、それゆえその仕組みはだいたいわかっていた。送った自分のＤＮＡは、遺伝子データバンクを経由して、サイトのほかの顧客の遺伝子とマッチしたものが、共通しているＤＮＡの割合を添えて返ってくる。その割合が高ければ高いほど、より近い関係であることを示す――遠い親戚から、じつの兄弟姉妹にいたるまで。

「娘さんは片親違いの姉妹を見つけた。ふたりが写っている写真を見ました。ネーパーヴィル――そこはシカゴに近い街ですね？」

わたしはレジーナの話題にしたがらないものについて話をつづけさせる必要があった。簡単な質問は簡単な答えを返させ、言葉を紡ぎつづけさせる。

「ええ」レジーナは言った。「わたしはその街で育ちました。高校までいったんです」

レジーナは黙り、わたしを見た。わたしは彼女がその話をしなければならないと決心したのを悟った。人が口をひらくときというのは、いつも驚きだ。わたしは見ず知らずの人間だが、彼らはわたしが記者だと知っている。歴史を記録するものである、と。悲劇を取材していると、残された人々が失われた愛する者たちのなんらかの記録を形に留めようとして、悲しみを超えて、連絡してくることに何度も気づかされた。

男性よりも女性のほうが多かった。彼女たちは失われた者たちへの義務感を抱いていた。ときには彼女たちにはほんの少しの誘い水が必要だった。

「あなたは子どもを産んだんですね」わたしは言った。

レジーナはうなずいた。

「そしてティナは知らなかった」わたしは言った。「わたしはまだ子どもだった。あの子を諦めたの。あまりにも若すぎた。そして、のちに夫と出会い、家庭を築きはじめた。ティナが生まれたの。彼女は大人になり、自分のＤＮＡをそういう場所に送った。相手の女性もおなじことをした。その子も。彼女は自分が養女だと知っており、つながりをさがしていた。ふたりはＤＮＡサイトを通じて連絡を取り、それがわたしの家族を壊したんです」

「ティナの父親は知らなかったんだ……」

「そもそも、わたしが打ち明けていなかったの。そして、手遅れになった。わたしひとりが抱えていればいい秘密のはずだった。だけど、世界は変わってしまい、自分自身のＤＮＡがあらゆることの鍵を外してしまい、秘密はもう秘密でなくなった」

昔、フォーリーという名の編集長がいて、最高の質問は、訊ねない質問であることがある、と言っていた。わたしは待った。次の質問をする必要があるとは思わなかった。

「夫は出ていきました」レジーナが言った。「わたしに子どもがいたせいじゃなかった。彼に話さなかったせいで。自分たちの結婚は嘘の上に築かれていたんだ、と夫は言ったわ。それが四ヵ月まえのこと。クリスティナはそれを知らなかった。あの子に罪悪感を与えないように夫と話し合って決めたんです。きっと自分を責めたでしょうから」

レジーナはティッシュペーパーの塊を両手で握っていたが、いまはそれを使って目を拭い、鼻を拭った。

「ティナは異父姉に会いにシカゴに戻ったんですね」打ちひしがれた女性からさらなる新事実を聞きだそうと期待して、わたしは言った。

「ティナはとても優しい子だったんです」レジーナは言った。「わたしたちを再会させたいと思ったの。それがいいことだと思っていたんです。自分の父親とわたしになにが起こるのか知らなかった。だけど、わたしはノーとあの子に言いました。その女性とは会えない、と。いまはまだ。するとティナはわたしの態度にとても腹を立てたんです」

レジーナは首を振って、先をつづけた。

「人生っておかしなものですね」レジーナは言った。「万事良好で、万事うまくいっている。自分の秘密は安全だと思う。するとなにかが起きて、そういうものが全部消えてしまう。すべてが変わってしまう」

その話は記事のなかで細部にすぎないものになるだろうが、わたしはクリスティナが自分のＤＮＡを送った遺伝子サイトがどこなのか訊ねた。

「ＧＴ23社です」レジーナは言った。「たった二十三ドルしかからないというので、覚えています。たった二十三ドルでとんでもない悲しみが降ってきた」

ＧＴ23社のことをわたしは知っていた。最近、ＤＮＡ検査分析事業に参入してきた会社のひとつだ。この新興会社は、競合他社よりも設定価格を劇的に引き下げることで十億ドル規模の業界の覇権を握ろうとしていた。一般の人たちもＤＮＡ分析に手が届くようになるという約束に基づいて、広告キャンペーンを打っていた。そのスローガンは、**あなたが賄える DNA！**だった。社名の23は、ヒトの細胞の二十三対の染色体を示すと同時に、検査基本キットの価格を示していた——二十三ドルでＤＮＡと遺伝に関する詳細な報告書。

すると、レジーナは本格的に泣きだした。丸めたティッシュペーパーがくずれはじめる。もっとティッシュペーパーを取ってこようとわたしは言い、立ち上がった。洗面所をさがしはじめる。

ティナの人生に異父姉が現れたことが重要である一方、それはサイバーストーキングに結びつく記事の観点に含まれるものではない、となにかがわたしに告げていた。ティナの人生という車輪のなかの一本のスポークにすぎない。ティナに近しい人々に甚大なる変化をもたらしたものであったとしても。だが、ストーキングは、別の角度から生じたもののはずで、それは彼女のライフスタイルだろう、とわたしは推測していた。

洗面所を見つけ、ティッシュペーパーの箱を収めているスチール製の容器をひらき、箱全体を抜き取って、ロビーのアルコーブに引き返した。

レジーナはいなくなっていた。

周囲を見まわしても彼女の姿は見当たらなかった。さっきまで彼女が座っていたカウチを調べる。ハンドバッグはなく、ティッシュペーパーの塊もなかった。

「ごめんなさい、洗面所にいかなきゃならなかったんです」

振り返るとレジーナがいた。彼女はカウチに戻った。どうやら顔を洗ってきたようだ。わたしは彼女の隣にティッシュペーパーの箱を置くと、左側にある先ほどまで自分が座っていた椅子に戻った。

「そんな気持ちにさせて申し訳ありません」わたしは言った。「先ほどの質問をしたとき、これほど取り扱いの難しいものが出てくるとは思ってもみなかったんです」

「いえ、かまいません」レジーナは言った。「ある意味、心が落ち着けるものでした。そのことについて話をし、打ち明けるのは。わかりますでしょ？」

「たぶん。そう思います」

わたしは異なる方向に進みたかった。

「さて」わたしは訊いた。「ティナはデートした男たちについて、あなたに話したことはありますか？」

「いえ、それについて、またあの子のライフスタイルについて、わたしがどんな気持ちでいるのか、あの子は知っていました」レジーナは言った。「それに、わたしになにが言えます？　わたしはシカゴのサウスサイドにあるブルース・クラブで夫と会ったんです。わたしはまだ二十歳でした」

「娘さんがオンライン・デートとかその手のことをしていたかどうか、ご存知ですか？」

「していたと思いますが、確かなことはわかりません。警察からもおなじことを訊かれました。ティナは自分の生活のその手の部分に関して、わたしには話さなかったとわたしは答えました。逮捕やリハビリのことは知ってました——なぜならあの子にはお金が必要だったからです。ですが、それだけでした。わたしが口を酸っぱくしてあの子に言っていたのは、故郷に戻り、そばにいてほしいというそれだけでした。話をするたびにそう言ったんです」

わたしはうなずいた。いまのくだりを書き記す。

「でも、もう手遅れね」レジーナは付け加えた。

彼女はまた泣きはじめ、わたしは最後の言葉も同様に書き取った。

そこでインタビューを終わるべきだった。これ以上、この女性を追い詰めるべきではなかった。だが、彼女がふたたびマットスンと連絡を取り合えば、あの刑事はわたしに近寄るな、と彼女に伝えるだろうとわかっていた。いまでなければけっして機会はない。先へ進まざるをえなかった。

「娘さんの住んでいた部屋にはいきましたか？」わたしは訊いた。

「まだです」レジーナは答えた。「事件現場であることから、まだ立入禁止だと警察に言われました」

わたしはティナの自宅内部を自分で見てみたいと願っていた。

「いつになったら彼女の部屋に荷物を取りにいけるか聞いてみましたか？」

「まだ聞いていません。それをするため戻ってこないとだめでしょうね。たぶん葬儀のあとで」

「正確な住所はどこでしょう？」

「〈タワーレコード〉があった場所をご存知ですか？」

「はい、書店の向かいですね」

「あの子はその上に住んでいました。サンセット・プレース・アパートメントに」

レジーナは箱から新しいティッシュペーパーを抜き取って、目を軽く叩くように拭った。

「すてきな場所だった」レジーナは言った。

わたしはうなずいた。

「あの子は美人で優しかったんです」レジーナは言った。「どうしてあの子は殺されなきゃならなかったんです？」

レジーナはティッシュペーパーに顔を埋め、すすり泣いた。わたしはただ彼女を見つめていた。母親だけが訊ねることができ、殺人犯だけが答えることができる質問を彼女はした。だが、それはいいセリフであり、あとで書き記そうと記憶に留めた。いまはただ、同情の思いをこめてうなずくだけだった。

6

ランチタイムまでにオフィスに戻ると、みんなそれぞれの間仕切り区画で〈アーツ・デリ〉から届いたサンドイッチを食べていた。たいていの日、わが社では食事を注文するが、今回はだれもわたしの注文をメールで訊ねようと思わなかったようだ。それはかまわない。いまのところ、食べ物は要らなかったからだ。わたしはネタの勢いに燃料を得ていた。なにか大きなものをつかんでいるが、それがなんだかわからず、あるいはどんな手を次に打てばいいのかわからない、そんな初期段階にいた。ノートパソコンでワードのファイルを起ち上げ、レジーナ・ポルトレロとのインタビューの手書きメモを入力しはじめた。その途中で、自分の問題に気づいた。次のステップは、ティナと彼女のストーカーについてさらなる質問をするため、リサ・ヒルに戻ることだったが、リサ・ヒルは、わたしがたんなるクソ野郎であるだけでなく、友人の殺人事件の容疑者だと思っていた。

わたしはメモの入力をいったんやめ、携帯電話で、ヒルがInstagram上でわたしをブロックしたのかどうか確かめてみた。ブロックされていなかったが、それはたんなる見落としで、自分のフォロワーをチェックし、わたしの欺瞞を思いだせばすぐにブロックするだろうと思った。

つづく三十分を費やし、リサ・ヒルへの私信を作成し、わたしに二度目のチャンスをくれるよう願った。

リサ、謝ります。あなたに率直に話すべきでした。ですが、あの警官たちのわたしについての見方は間違っており、彼らにはそれがわかっています。彼らはあなたに記者と話してもらいたくないだけなのです。もし彼らより先にわたしが真の容疑者にたどりつけば、彼らは面目を失うでしょうから。

わたしはティナのことがとても好きでした。もう一度会いたがってくれればよかったのにと思っています。彼女をストーキングし、おそらく彼女を傷つけたであろう相手がだれなのか、わたしは突き止めるつもりです。

あなたの協力が必要です。もう一度、電話して下さい。詳しく説明し、警官たちが知らないことでわたしが知っていることを伝えさせて下さい。ありがとう。

メッセージの最後に自分の携帯電話番号を記して送った。最良の結果を願ったが、それは見こみの薄い望みであり、リサ・ヒルがわたしへの見方を変えてくれるのをひたすら待つというのはできないとわかっていた。次に環椎後頭関節脱臼に関する情報提供要請を投稿していたコーズオブデス・ドット・ネットをチェックした。そこで、わたしの運と調査が劇的に変化した。すでに五件のメッセージが待っていたのだ。

最初のメッセージはロサンジェルス時間の午前七時に投稿されたものだったが、投稿の出所であるブロワード郡検屍局が所在するフロリダ時間では午前十時だった。フランク・ガルシアという名の病理学者が、前年に発生した環椎後頭関節脱臼(AOD)症例が殺人事件だと認定されたと述べていた。

未解決の殺人事件一件。三十二歳女性が去年、単独交通事故によるＣＯＤ環椎後頭関節脱臼（ＡＯＤ）で運ばれてきたが、ＴＡ調査官がそれを起こすほどの衝撃ではなかったと言った。現場は、偽装されていた。ＴＡの負傷は死後生じたものだった。被害者の氏名――マロリー・イエーツ。ＩＯレイ・ゴンザレスＦＬＰＤ。

大半の略語を解読できた。ＣＯＤは死因（コーズ・オブ・デス）で、ＴＡは交通事故（トラフィック・アクシデント）、ＩＯは捜査担当警察官（インヴェスティゲーティング・オフィサー）。また、ＦＬＰＤはフロリダ警察だと思ったのだが、グーグル検索してみると、フォート・ローダーデール市警が出てきた。そこはブロワード郡のなかに位置していた。わたしはそのメッセージをコピーし、コンピュータのなかに作成した事件ファイルに移動させた。

次のメッセージはダラスから届いたもので、最初のメッセージ同様、被害者は同年輩の女性だった――三十四歳のジェイミー・フリン――単独の交通事故と思われるもので亡くなっており、死因としてＡＯＤが挙げられていた。殺人とは分類されていなかったが、フリンの毒物検査の報告書がすべてシロであるせいで、不審死と分類されており、彼女が道路を外れ、土手を下って木にぶつかった理由としてなんら明白な説明はなかった。フリンの死は十ヵ月まえに起こり、事件は不審な状況のせいで未解決のままだった。

三番目のメッセージは、ブロワード郡検屍局のフランク・ガルシアからの追伸だった。

ＦＬＰＤのゴンザレスに確認した。現時点で、事件は未解決で、容疑者はなく、なんの手がかりもない。

掲示板への四番目の投稿は、別の事件に関するものだった。三ヵ月まえに起こったものだ。この事件は、サンタバーバラ郡検屍局の調査官であるブライアン・シュミットから届いたものだった。

シャーロット・タガート、二十二歳、ヘンドリーズ・ビーチの崖から転落し、翌朝発見されたが病院到着時死亡。AODやその他の負傷。事故と思われる。BAC○・○九。転落は真っ暗闇のなか午前三時に発生。

BACが、血中アルコール濃度(ブラッド・アルコール・コンセントレイション)であり、カリフォルニア州で運転できる濃度は○・○八未満であることを、わたしは知っていた。つまり、タガートは暗闇のなかで崖の縁を歩き、転落死したとき、少なくともほろ酔いの状態だったということを示している。

五番目のメッセージが直近に投稿されたものだった。それは一番短いメッセージだったが、わたしを凍りつかせた。

この投稿をしているのは何者？

ほんの二十分まえにアディラ・ラークスパー医師から投稿されたもので、彼女はロサンジェルス郡の検屍局長だとわたしは知っていた。ということは、わたしは見つかる危険性がある。だれも上司に名乗りでない場合、ラークスパーは、自身の局で、最近ＡＯＤ事件を担当したか確認するかもしれず、その問い合わせは間違いなく彼女をマットスンとサカイにつなげ、ふたりの刑事は間違いなく、掲示板への問い合わせ投稿をしたのがわたしだと結論を下すだろう。

わたしはまたあの刑事たちがやってくるという考えを脇へどけ、目のまえの情報に集中しようとした。この一年半のあいだに三件のＡＯＤがらみの事件が起こっており、ティナ・ポルトレロを加えれば四件になる。被害者は二十二歳から四十四歳までの女性だった。いまのところ、そのうち二件が殺人だと認定され、一件が不審死であり、もう一件――ポルトレロ以前の直近の事件――は事故と分類されていた。

わたしはヒトの生理学にそれほど詳しくなく、これら四件すべてに女性が関わっているという事実が重要なのかどうか、定かではなかった。男性は一般的に女性よりも大柄で、筋肉も多く、女性の肉体のほうが比較的弱いためにAODが女性に多く発生する可能性はあった。

あるいは、女性は男性より、ストーキングされ、捕食者の獲物になる可能性が高かった。

手にしている情報に基づいて判断を下すとするなら、四人の女性のプロフィールにもっと多くの情報を加えなければならないのがわかった。まず直近の事件からはじめ、遡っていくことにした。基本的な検索エンジンを用いたところ、シャーロット・タガートに関して、ほとんど情報は手に入らなかった。ただし、イーストベイ・タイムズに掲載された有料追悼記事と、それに付随する形で友人たちや家族が記帳し、亡くなった愛する者へのコメントを残すオンライン追悼録が見つかった。

追悼記事では、シャーロット・タガートはカリフォルニア州バークレーで育ち、カリフォルニア大(UC)サンタバーバラ校に通っていたとあった。亡くなったとき、彼女は大学四年生だった。バークレーのサンセット・ビュー墓地に埋葬された。両親が健在で、ふたりの弟がいた。多くの親しい親戚やこの一年で見つかった遠い親戚もいた。

最後のくだりがわたしの注意を引いた。シャーロット・タガートは、自分の人生の最後の一年に新しい親戚が見つかっていたのだ。ということは、彼女は遺伝分析会社を通してそうした人々を見つけた可能性が高い、とわたしには思えた。クリスティナ・ポルトレロがしたのとおなじように自分のＤＮＡを提出したのだろう。

このつながりはかならずしもなにかを意味しているわけではない――このふたりの若い女性がおこなったことを何百万人もの人がおこなっていた。さして珍しいことではなく、いまの段階では偶然としか思えなかった。

オンライン追悼録のコメントにざっと目を走らせたところ、感動的だが、ありふれた愛と喪失の思いを記したものであふれているのに気づいた。多くがシャーロット宛に書かれており、あたかもあの世から彼女が読んでいるかのようだった。

シャーロット・タガートの生と死について知り得たことを事件ファイルに入力してから、ダラスの事件に移った。ジェイミー・フリンの死は、土手を下って木にぶつかった運転の説明がつかないことから不審死のレッテルが貼られていた。

今回、フォートワース・スター・テレグラムにその死に関する短い記事が見つかった。

ジェイミーはフォートワースで有名なブーツと馬具事業を営んでいる名家の出だった。フリンはダラスのサザン・メソジスト大学の大学院で助手をしながら、心理学の博士課程にあった。彼女は両親が所有しているフォートワースの馬牧場で暮らしており、自分の馬のそばにいたいと願っていたため、そこから大学に通っていた。彼女の人生の目標は、乗馬を治療に取り入れたカウンセラーになることだった。その記事には、フリンの父親のインタビューが掲載されており、彼は娘が鬱病とアルコール依存症と戦ったのち、人生を立て直し、学校に戻ったのにと嘆いていた。彼は、娘の病気が再発せず、解剖での血液検査が正常だったことを誇りに思っている様子だった。

記事では、ダラス市警の交通事故調査員の話も引用されていた。トッド・ホイットニーは、ジェイミー・フリンの死が事故であると確信が持てるまで事件を解決したとするつもりはない、と述べた。

「将来を嘱望された若くて健康な女性は、道路を外れ、谷間に落ちて、首を折りはしないものです」ホイットニーは言った。「純粋に事故かもしれません。鹿かなにかを見かけて、急ハンドルを切ったのかもしれない。ですが、ブレーキ痕も動物の足跡もありませんでした。ご両親に答えが見つかったと言えればいいのですが、残念ながら見つかっていません。いまのところはまだ」

ジェイミー・フリンが自殺を事故に見せかけようとして道路から飛びだした可能性については記事でいっさい触れられていないことをわたしは心に留めた。

それは珍しくない出来事だった。だが、もしそうだと考えられたとしても、公には報道されていなかった。自殺には偏見がつきまとうため、まるで流行り病であるかのようにたいていの新聞は報道を避けていた。公人が自裁したときだけ、自殺記事が書かれるのだ。

わたしはとりあえずジェイミー・フリンから先に進んだ。自分の勢いを保ちたかった。

自分がなにかに近づいているという確信があり、後れを取りたくなかった。

7

わたしが吟味した最後の事件は、コーズオブデス・ドット・ネットの掲示板で最初に投稿されたものだった。事件の要約の形での投稿だ。フォート・ローダーデールで三十二歳のマロリー・イエーツが死亡した事件は、殺人事件として扱われ、未解決のままだった。ダラスの事件同様、被害者の命を奪った交通事故と思われるものに不自然な点があったからだ。被害者の遺体についた傷の一部のヒスタミン値が、その傷が死後ついたものであり、事故が偽装であることを示唆していた。だが、その投稿から先に進むと、葬儀の知らせ、あるいは、その事件に関するニュース記事はひとつも見つからなかった。次の段階の検索で、公開されているイエーツに向けた追悼ページになっているFacebookを見つけた。

イエーツが亡くなってから十六ヵ月のあいだに友人家族から寄せられたメッセージが何十件もあった。わたしはそれらにすばやく目を通し、死んだ女性の経歴と彼女の事件に関する新情報を断片的に拾い上げた。

マロリー・イエーツはフォート・ローダーデール育ちで、カトリックの学校に通い、バイア・マールという名のマリーナにある家族経営の貸しボート屋で働いていたのをわたしは知った。高校を出て大学にはいかなかったらしく、フォートワースのジエイミー・フリン同様、父親名義の家でひとり暮らしをしていた。母親は亡くなっていた。Facebookの投稿のいくつかは、二年間で妻と娘の両方を亡くしたことに関して、マロリーの父親に直接の悔やみを述べたものだった。

マロリーの死から三週間後に投稿されたメッセージがわたしの目に留まり、そのページをスクロールして、最後まで読んだ。エド・イエーガースと名乗る人物が、マロリーを自分のまたいとこの子どもであるとして、知り合ったばかりで彼女が逝去したことを嘆いているという旨の追悼文だった。「あなたを知りはじめたばかりで、もっと時間があったらよかったのに。おなじ月のうちに家族を見つけ、失うというのは、心の底から悲しいよ」と、イエーガースは記していた。

その挨拶文はシャーロット・タガート宛の追悼文であってもおかしくなかった。

こんにち、この時代、家族を見つけるというのは、DNAを意味している場合が普通だった。オンラインのデータを用いて、家族関係を調べる遺伝分析会社が存在しているが、DNAは近道だった。シャーロット・タガートもマロリー・イエーツも、DNA遺伝分析を通じて、家族のつながりをさがしていたのだとわたしは確信した。そして、クリスティナ・ポルトレロも。この偶然はAODで亡くなった女性のうち三人に共通しており、四人全員を含んでいるかもしれなかった。

つづく二十分を費やして、SNS上でマロリー・イエーツとシャーロット・タガートの親戚や友人のつながりをさがした。彼らひとりひとりにおなじメッセージを送り、彼らの愛する者が分析会社にDNAを送っていたかどうか、もし送っていたとしたら、どの会社に送ったのか問い合わせた。その作業を終えないうちにエド・イエーガースから電子メールでの回答を受け取った。

GT23社を通じて彼女に出会いました。彼女が亡くなるたった六週間まえのことで、じかに会う機会が得られなかったんです。ほんとにいい子のようでした。残念でたまりません。

アドレナリンが大分泌された。二件の確認済み事件がめったにない死因とGT23社へのDNAの提供を共有していた。フォートワースの新聞のジェイミー・フリンの記事に急いで戻り、彼女の父親の名前と、彼が営んでいる、ブーツやベルト、鞍や手綱のような馬具を販売する家業を把握し、本社の電話番号を入手すると、そこに電話をかけた。女性が応答し、わたしはウォルター・フリンにつないでほしいと頼んだ。

「どんなご用件でしょう？」相手の女性が訊いた。

「彼の娘さんのジェイミーに関する用件です」わたしは言った。

だれもすでに抱えている以上の悲しみをその人にもたらしたくはない。わたしは自分がこの電話でそれをしてしまうだろうとわかっていた。だが、自分の勘が正しければ、その悲しみを答えでもって最終的に和らげられるかもしれないともわかっていた。

ごく短い待機時間ののち、男性が電話口に出た。

「ウォルト・フリンだが、ご用件はなんですか？」

先方はおそらく何世代にもわたるきまじめなテキサス訛りの持ち主だった。頭のなかでわたしは馬に乗り、白いカウボーイハットをかぶったマルボロマンを思い描いた。彫りの深い顔をしかめている。わたしは慎重に言葉を選んだ。こちらを拒否させたり、相手を怒らせたりしたくなかった。

「フリンさん、お忙しいところをすみません。わたしは記者をしており、ロサンジェルスから電話をかけています。目下、複数の女性の説明のつかない死亡事件に関する取材をしているところです」

わたしは待った。餌は投じられた。食いつくか、電話を切るかのどちらかだ。

「で、これはうちの娘の話ですか？」フリンは訊いた。

「ええ、その可能性があります」わたしは言った。

そのあとにつづいた沈黙をわたしは埋めなかった。水が流れているような音が背景に聞こえはじめた。

「聴いています」フリンは言った。

「あなたがすでに味わっておられる悲しみをさらに深くさせるつもりはありません」わたしは言った。「娘さんを亡くされて、たいへんお気の毒に存じています。ですが、率直に話をしてよろしいでしょうか？」

「わたしはまだ電話に出ている」

「オフレコでかまいませんか？」

「それはわたしがそちらに言うことじゃないのか？」

「わたしが言っているのは、奥さんを別にして、ほかのだれかとこの会話を共有してもらいたくないということなんです。それでよろしいですか？」

「いまのところはかまわない」

「オーケイ、では、説明させていただきます。わたしは調べ――すみません、接続が悪いんでしょうか？　背景の雑音が――」

「雨が降っているんだ。人に聞かれないように外に出た。あんたがしゃべっているときには、ミュートにしておく」

回線が静かになった。

「えーっと、はい、それでけっこうです」わたしは言った。「で、この一年半の期間に全米で発生した二十二歳から四十四歳の女性四名の死を調べています。いずれも死因は環椎後頭関節脱臼、ＡＯＤと呼ばれているものであると診断されました。そのうち二件の死亡事件は、一件がロサンジェルス、もう一件がフロリダで発生しており、殺人事件であると分類されたのです。別の一件は事故だとされていますが、わたしは疑わしいと考えています。そして、四件目、あなたの娘さんの事件ですが、正式に不審死であると分類されています」

フリンはミュートを解除した。まず雨音が聞こえ、それから彼の声が聞こえた。

「で、あんたはその四件がなんらかの形でつながっていると言っているのか？」

不信感が相手の声に忍び寄ってきたのが聞き取れた。その気持ちを変えさせなければば、すぐにフリンを失ってしまいそうだった。

「確信はありません」わたしは言った。「事件と被害女性たちの共通点をさがしているところです。いくつか質問させていただければ、助かります。そのためにこうやって電話をかけています」

フリンはすぐには答えなかった。雨のベースラインになっている雷の低い轟きが耳に入ってくる。ようやくフリンが返事をした。

「質問するといい」

「ありがとうございます。ジェイミーが亡くなるまえ、彼女は遺伝子分析ラボに自分のDNAを送りましたか？　遺伝あるいは健康に関する分析のために」

フリンは通話をミュートにした。返事には沈黙しか返ってこない。少し待って、彼が電話を切ったのではないかとわたしは思った。

「フリンさん？」

雨が戻ってきた。

「聞いている。その答えは、娘はその手のことにのめりこんでいた、というものだ。だが、わたしの知るかぎりでは、なにも返ってこなかったと思う。それを自分の博士課程にどうにかして取り入れたいと娘は言ってた。大学の自分の受け持ちクラスのひとつに所属している学生全員にそれをさせていると言った。それが娘の死とどう結びついているんだね？」

「まだわかりません。娘さんがＤＮＡを提出していた会社はどこか、ご存知ないですか？」

「娘のクラスの学生の一部は、奨学金を受けている連中だった。資金繰りが厳しかった。彼らはもっとも安いものを利用した。ＤＮＡの検査に二十三ドルしかかからない会社だ」

「ＧＴ23社」

「そこだ。いったいこういうことがなにを意味しているんだ？」

フリンのその質問を聞き逃しそうになっていた。耳のなかで自分の鼓動が聞こえた。三回目の確認を得たのだ。おなじ死因だった三人の女性がみな、自分たちのＤＮＡをＧＴ23社に送っていたということが起こる確率はどれくらいだろう？

「まだそれがなにを意味しているのか、はっきりとはわかりません、フリンさん」わたしは言った。

フリンが事件の結びつきについて自分とおなじように昂奮（こうふん）しないよう、警戒しなければならなかった。フリンにテキサス・レンジャーやＦＢＩに駆けこんで、わたしの話を伝えてほしくなかった。

「当局はそのことを知っているのか？」フリンは訊いた。

「まだ当局が知るに値することはなにもありません」わたしは急いで言った。「事件が確実に結びついている証拠を手に入れたなら、わたしが当局に連絡します」

「あんたがいましがた訊いたＤＮＡの件はどうなんだ？　それがその結びつきじゃないのか？」

「わかりません。まだ確認されていないのです。当局に連絡するほど根拠のあるものをまだつかんでいません。それはわたしが調べているいくつかのことのひとつにすぎないのです」

わたしは目をつむり、雨音に耳を澄ました。こういうことになるだろうとわかっていた。フリンの娘は亡くなっており、父親にはなんの答えもなく、なんの説明もない。

「お気持ちはよくわかります、フリンさん」わたしは言った。「ですが、確実なことがわかるまで待たねば――」

「あんたにどうわかるというんだ？」フリンは言った。「あんたには娘がいるのか？娘を奪われたことがあるのか？」

一瞬で記憶が蘇った。顔に向かって激しい勢いで近づいてくる手の甲、その一撃を避けようとして首をひねる自分。ダイヤモンドが頰に溝を刻む。

「おっしゃるとおりです、いま言った言葉を撤回します。あなたの抱えている苦しみがどんなものか、わたしにはわかりません。ただ、この件を深掘りするための時間がもう少し必要なんです。連絡は絶やさず、情報をご連絡しつづける、と約束します。なにかつかんだなら、かならずまっさきにあなたにご連絡いたします。そのあとで、わたしは警察やＦＢＩやあらゆる捜査機関に連絡します。それでよろしいでしょうか？　お時間を頂戴できますか？」

「どれくらいだ？」

「わかりません。確実な情報をつかまないかぎり、わたしは――われわれは――ＦＢＩあるいはほかのどこにも連絡できません。火のないところで火事だと叫べません。わたしの言いたいことがおわかりいただけますか？」

「どれくらいだ？」

「たぶん一週間」

「そのあと、わたしに電話をかけてくるんだな？」

「電話します。約束します」

われわれはおたがいの携帯電話番号を交換し、フリンはわたしの名前を再度訊いた。最初のとき聞き逃していたのだ。フリンは、今週末にわたしから連絡があるまでおとなしくしていると約束して、われわれは電話を切った。

電話を受話器台に置いたとたん、また鳴った。キンゼー・ラッセルという名の女性からだった。彼女はシャーロット・タガートのオンライン追悼録の投稿者のひとりだった。わたしは彼女をInstagramで見つけて、個人的なメッセージを送っていたのだ。

「あなたが取材しているのはどんなたぐいの事件？」ラッセルは訊いた。

「正直言って、まだはっきりとはしていません」わたしは言った。「ご友人のシャーロットの死は、事故とされていますが、そうではないほかに三件の同様の死亡事案があるんです。わたしはその三件について取材をしており、シャーロットの死を調べ、なにか見落とされているものがないか確かめたいんです」

「あたしはあれが殺人だったと思ってる。最初からそう言ってたの」

「なぜそう思うんです？」

「なぜなら彼女は夜にあそこの崖なんかにいくはずがないから。しかも、絶対にひとりではいかない。だけど、警察は真実を探りだすことに興味を示さないでいる。彼らや学校にとって、殺人事件より事故のほうが都合がいいんだわ」

キンゼー・ラッセルが何者なのか、わたしはほとんど知らなかった。彼女は死んだ友人に向け直接メッセージを寄せたなかのひとりだった。

「シャーロットと知り合ったのは、どういう経緯かな？」

「学校の仲間。おなじ授業を取っていたの」

「じゃあ、彼女が亡くなったのは、学校のパーティーみたいなもののあとだったんだ」

「ええ、大学の仲間たちのパーティー」

「で、彼女がパーティーで姿を消したことから、崖での殺人になったときみが判断したのはどういうわけかな？」

「なぜなら、ひとりではけっしてあそこにいくはずがないとあたしは知っているから。そもそもあの崖にいくはずがないの。彼女は高所恐怖症なの。自分の出身地にあった数々の橋の話や、ベイブリッジやゴールデン・ゲートを車で越えるのすら怖くてできないという話をいつもしていた。橋のせいでサンフランシスコにはほとんどいったことがなかったほど」

その死が殺人であると言い切れるほどそのことが充分な説得力を持っているとは思

えなかった。

「そうだな……調べてみるよ」わたしは言った。「すでに調べはじめているんだ。ほかに二、三訊いてもかまわないかい？」

「ええ」ラッセルは言った。「どんな形でも協力を惜しみません。これは正しくないことだから。あそこでなにかが起こったはず」

「バークレーの新聞に掲載された死亡記事では、シャーロット・タガートは、家族とこの一年で見つかった遠縁の親戚を残して亡くなったと記されていた。それがどういう意味かわかるだろうか、遠縁の親戚の箇所だけど？」

「ええ、シャーロットはＤＮＡの検査をしたの。あたしたちふたりともした。ただし、彼女はそれに夢中になって、自分の血縁関係者をアイルランドとスウェーデンまでたどっていた」

「ふたりとも検査をしたんだ。利用したのはどの会社だろう？」

「ＧＴ23と呼ばれている会社。大手ほど有名じゃないけど、検査費用が安いの」

またこれだ。四人中、四人。四件のＡＯＤ死亡、四人の被害者がＤＮＡをＧＴ23社に委ねていた。確実に結びつきがあるにちがいない。

わたしはキンゼー・ラッセルに関連質問をいくつかしたが、その答えは覚えていなかった。わたしは先へ進んでいた。勢いを手にしていた。電話を切り、作業にとりかかりたかった。やがて、彼女に協力の礼を告げ、また連絡しますと言ってから電話を切った。

受話器を置くと、わたしは顔を起こし、間仕切り区画のハーフサイズの壁越しにマイロン・レヴィンを見た。彼はフェアウォーニングのロゴが記されたマグカップを手にしていた。WARNING（ウォーニング）のAの文字は、赤い三角形で、そのなかを稲光が走っているデザインだ。いまやその稲光のパワーをわたしは感じていた。

「いまの電話を聞いたかい？」

「一部は。なにかつかんだんだな？」

「ああ、でかいものをつかんだ。と思う」

「会議室にいこう」

マイロンはマグカップで部屋を指し示した。

「まだだ」わたしは言った。「あと何本か電話を入れ、ひょっとしたら人に会いにいく必要があるだろう。そのあと、話をする用意ができる。気に入ってくれると思う」

「わかった」マイロンは言った。「そっちの用意ができれば、わたしはいつでもかまわない」

8

ＧＴ23社に関して調べられるかぎりの情報を集め、ＤＮＡデータ分析ビジネスの調査に没頭した。

もっとも参考になったのは、スタンフォード・マガジンに掲載されたＧＴ23社の二〇一九年の会社紹介記事だった。その年、ＧＴ23社は創業二年で、株式を公開し、五人の創業者をすこぶる裕福にした。この会社は、二十年まえに設立されたジェノタイプ23社という名の比較的古い会社の子会社だった。スタンフォード大学の化学専攻教授たちのグループがジェノタイプ23社を創業し、彼らは犯罪捜査におけるＤＮＡ分析をおこなえないほど自前の科学捜査部門の予算規模が小さい法執行機関の分析を代行するしっかりしたラボを開設するための資金を集めた。この最初の会社は、当初、成功を収め、合衆国西部で発生した刑事事件を調べ、証言する法廷認定技師を五十名以上抱えるほど成長した。だが、ＤＮＡは万能の解決方法になった。世界じゅうで新旧の犯罪を解決するだけでなく、冤罪をなくすためにＤＮＡはどんどん利用されるようになった。ますます多くの警察や法執行機関が技術的に追いつき、独自の鑑識ＤＮＡラボを開設したり、合同ラボや地域ラボに資金提供をするようになると、ジェノタイプ23社は、売上と収益低下に直面し、スタッフをレイオフせざるをえなくなった。

同社が衰退していくのとタイミングを合わせるかのように、ヒトゲノム計画の完了を受け、ＤＮＡ分野でソーシャル・アナリティクスという新しい領域が現れた。何百万人もの人々が自分たちの先祖や健康の履歴を調べはじめた。ジェノタイプ23社の創業者たちは、同社を一新させ、ＧＴ23社を設立した。安価でＤＮＡデータ分析をおこなう会社を。しかしながら、その低価格には落とし穴があった。この分野で先行する大手企業は、研究のため匿名でＤＮＡを提供するよう顧客に頼んでいたのだが、ＧＴ23社は顧客に選択肢を与えなかった。分析を低価格でおこなうには、集めた検体やデータを――匿名ではあったものの――代金を支払う研究機関やバイオテク企業に利用可能にすることで埋め合わせる必要があった。

その戦略は賛否両論あったが、この分野全体がプライバシーとセキュリティの窮地に追いこまれていた。ＧＴ23社の創業者たちは、同社に提供されたＤＮＡは、事実上、研究のため自発的に渡されたものであるという基本的な説明で疑問の数々を乗り切り、市場へ参入を果たした。かくして一年足らずで創業者たちは会社の株式を公開する決断を下した。五名の創業者たちは、ニューヨーク証券取引所で鐘を鳴らし、自分たちの会社の株式を公開し――皮肉にも、あるいはおそらく偶然にも――一株二十三ドルで売りだした。創業者たちは一晩で大金持ちになった。

次にわたしはサイエンティフィック・アメリカン誌に比較的最近掲載された「だれがGT23社のDNAを買っているのか？」という見出しのついた読み物記事に出くわした。その記事は、DNA分析のやりたい放題の世界における倫理とプライバシーの問題を追及したより範囲の大きい記事の関連記事だった。記事の執筆者は、GT23社の内部情報提供者を見つけ、同社からDNAデータを購入している大学およびバイオテク研究施設のリストを入手していた。リストに載っているのは、英国のケンブリッジ大学の研究室から、マサチューセッツ工科大学(MIT)の生物学者やカリフォルニア州アーヴァインの小さな民間研究所にいたるまで、広範に及んでいた。記事によれば、GT23社の参加者――同社は顧客という言葉を使っていない――のDNAは、アルコール依存症や病的肥満、不眠症、パーキンソン病、喘息(ぜんそく)、その他多数のさまざまな病気や不調の背後にある遺伝学にまつわる研究に利用されているという。

GT23社から得たデータが貢献するさまざまな研究や、そこから生じるかもしれない価値――大学や大手製薬会社、健康食品を製造する企業にもたらされる利益の可能性は言うまでもなく――は、驚くべきものだった。記事では、食欲の満足度と肥満の遺伝的根源に関するカリフォルニア大学ロサンジェルス校（UCLA）のある研究を紹介していた。ある化粧品会社は、GT23社の参加者を利用して、老化と皮膚の皺（しわ）の研究をおこなっていた。ある製薬会社は耳垢（みみあか）がほかの人よりも多く出る理由を研究する一方、アーヴァインにある研究所は、喫煙や薬物使用、セックス依存、さらには運転中のスピードの出しすぎのような危険行動と遺伝子の関係を研究していた。これらの研究はすべて、人間の病気の原因を理解し、それらを治療あるいは治癒をもたらす薬物療法や行動療法の開発を目的としていた。

それらはすべていいものであるように思え、すべて利益を生むものだった――少なくともGT23社の創業者たちにとっては。

だが、当該読み物記事とともに掲載されていたメインの記事がそれらの前向きなニュースに影を落としていた。その記事によると、十億ドル規模の遺伝子分析産業への規制実施が食品医薬品局（FDA）に委ねられたという。FDAはつい最近までそうした責務を完全にスルーしてきた。記事では、国立ヒトゲノム研究所の最近の報告書が引用されている――

近年までFDAは遺伝子検査の大半にいわゆる〝規制裁量〟を適用していた。FDAは検査を規制する権限がありながら、規制しない選択をする際、そのような裁量を適用できるのである。

つづけて記事では、FDAがようやくいまになって規約を策定中であり、いずれ下院議会に提出して、採択されることになるだろうと伝えていた。そのときになってやっとなんらかの規制がはじまるのだ。

消費者に直販する遺伝子検査の急速な拡大と、規制されていない検査が公衆衛生に脅威を与えるというFDAの懸念が高まっていることから、FDAはアプローチを変えつつある。この目的のため、FDAは遺伝子検査の規制方法を説明する新しい指針を作成した。FDAの〝指針〟は、法律や規則とは異なっており、ある問題に関するFDAの〝現在の考え方〟を表しているだけであり、FDAあるいはFDAが規制している当事者を法的に拘束するものではない。

わたしは啞然（あぜん）とした。その記事は、急成長している遺伝子分析の分野では、政府の監視や規制は事実上ない、と結論づけていた。政府は、はるかに後手にまわっていた。

わたしはマイロンに読んでもらうため、その記事のコピーを印刷してから、GT23社のウェブサイトにいき、同社が提供するサービスと、約束している安全性が政府の規制に裏付けられていないことを認める記述をさがした。そんなものは見つからなかった。

だが、研究者たちが匿名化されたデータと生体検体をどのように求めればいいかということと、同社が支援する研究分野の概要を記したページに出くわした。

癌（がん）
栄養摂取
社会的行動
危険な行動
依存症
不眠症

自閉症
精神疾患（双極性障害、統合失調症、統合失調感情障害）
同ウェブサイト上では、データと生体検体の受け取り対象は、協力者と呼ばれていた。
そこに記された文章は、いずれも明るく、世界をよりよく変えるのだという調子で書かれており、これは匿名で自分たちのＤＮＡを遺伝子分析および遺伝子貯蔵の未知なる大きな存在に預けることに関する参加者の潜在的懸念を和らげるために工夫されたものだとわたしは確信した。
ウェブサイトの別のセクションには、四ページにわたるプライバシーおよびインフォームドコンセントに関する書類があり、ＧＴ23社特製自宅検体採取キットで自分のＤＮＡを提出する際に保証されている匿名性のあらましが記されていた。これは退屈な小さい文字で記されていたのだが、わたしは隅から隅まで読んだ。ＧＴ23社は、参加者のＤＮＡ取り扱いに何層ものセキュリティを保証しており、すべての協力会社に同レベルの物理的かつ技術的データ保護を要求していた。いかなる検体も参加者のなんらかのアイデンティティを付与して協力会社に移譲されることはないという建前だった。
この同意書は、参加者に低価格でＤＮＡ分析と照合、健康状態の報告をできるのは、匿名のデータを購入してくれる協力企業や研究所が費用を負担しているからである、とはっきり記していた。これを踏まえ、参加者は匿名性を維持するため、ＧＴ23社を通して協力者からの要望に応じることに同意したことになっていた。その要望は、個人的な習慣に関する追加の情報提供から、特定分野に関する調査あるいは追加のＤＮＡ検体提供まで多岐にわたっていた。その場合、要求に応じるかどうかの決定は参加者に委ねられていた。協力者の研究に直接参加するのは、必要とされていなかった。
みずからに課したセキュリティ対策と約束のあらましを三ページにわたって記したのち、最後のページの最終行には、次の文言があった――

情報漏洩がけっしておこらないという保証はできません。

その一文は、最後の段落の冒頭に置かれ、そのあとに〝可能性のきわめて低い〟最悪の場合のシナリオが列挙されていた。協力者のセキュリティ侵害から、協力者がスポンサーになっている研究所へ輸送中のDNAサンプルの盗難あるいは破壊までさまざまだった。その免責文章の段落にある一文をわたしは何度も読み返して、理解しようとした――

もし第三者があなたの遺伝子データをほかの手段を通じて入手可能なほかの情報と組み合わせることができた場合、あなたを特定できる可能性が低いとはいえ、ありえるかもしれません。

わたしはその一文を画面からコピーし、メモ書類の一番上にペーストした。その下にこう入力した――WTF？（What the fuck? の略語。「マジかよ?」）

最初のフォローアップ質問を手に入れた。それを追及するまえに、メニューにある「法執行機関」と記されたタブをクリックした。当該ページは、犯罪捜査に自社の遺伝子データを利用することでFBIおよび警察機関を支援し、協力することを謳ったGT23社の声明だった。これは、警察が遺伝子分析サービス提供者を利用して、家系特有のDNAのつながりを事件解決に役立てているということで、近年大きな話題になっていた。カリフォルニア州でもっとも顕著な例として、殺人と強姦を繰り返していたゴールデン・ステート・キラーと呼ばれた男が数十年後に逮捕されたことが挙げられる。レイプ・キットから採取されたＤＮＡが無料オンライン家系図データベースのGEDmatch（ジェドマッチ）にアップロードされ、捜査員たちに犯人と目される人間の何名かの親族が該当例として伝えられた。家系図が描かれ、すぐにひとりの容疑者が浮かび上がり、さらなるＤＮＡ分析によって確認された。ほかの多くの有名ではない殺人事件も、同様に解決していた。ＧＴ23社は、要請があった場合、法執行機関への協力をためらわなかった。

ＧＴ23社のウェブサイトに目を通し終えて、自分のメモ書類にひとつの疑問を書きこんだ。自分がなにを手にしているのか、あるいはなにをしているのか、定かではなかった。四人の若い女性の死に関連性を見つけていた。四人は性別と、死因と、ＧＴ23社の参加者であった点で結びついていた。ＧＴ23社には数百万人の参加者がおり、この最後の共通点が有効な分母かどうか、不確かだった。

わたしは背を伸ばし、間仕切り越しに見た。自分の間仕切り区画に入っているマイロンの頭頂部しか見えなかった。彼のところにいき、話をする頃合いだと告げることを考えた。だが、すぐにその考えを捨てた。わたしの編集長、わたしの上司のところにいき、次にやることがわからないと言うのはごめんだった。編集長は確信を欲しているものだ。

彼は記事につながるであろう計画を聞きたがる。フェアウォーニングとわれわれがやっていることに関心を惹き寄せるであろう記事に。

その決断をGT23社の連絡先をグーグル検索し、パロアルトにある同社のオフィスに電話することでいったん保留した。広報につないでほしいと頼むと、すぐにマーク・ボレンダーという名の広報担当につながれた。

「フェアウォーニングという消費者向けニュース・サイトで働いており、目下、DNA分析の分野での消費者のプライバシーに関する取材をしています」わたしは言った。

ボレンダーはすぐには反応せず、電話口の向こうでキーボードを叩いている音が聞こえた。

「見つけました」ようやくボレンダーは言った。「いまそちらのウェブサイトを見ています。馴染(なじ)みのないニュース・サイトでしたので」

「通常は、より知名度の高い情報発信源と協同で記事を書いているんですよ」わたしは言った。「ロサンジェルス・タイムズやワシントン・ポスト、NBCなど」

「今回の取材はどこと協同で?」

「現時点では、協同相手はいません。下準備の作業をしているところであり――」

「紐集めってわけ？」

それは古い新聞業界用語だった。それを耳にして、ボレンダーが向こう岸に渡った元報道関係者だとわかった。いまは、マスコミ側ではなく、マスコミに対処する側になっている。

「そんな表現をするのは記者だけだ」わたしは言った。「どこで働いていたんだい？」

「ああ、あちこちさ」ボレンダーは言った。「最後の仕事は、マークで十二年科学記事記者をやってた。早期退職をして、ここに落ち着いたわけだ」

サンノゼ・マーキュリー・ニューズは、とてもいい新聞だった。もしボレンダーが、テクノロジーの中心地で科学記事記者をしていたのなら、いま相手にしているのはいいかげんな広報担当者ではない、とわかった。相手がこちらの狙いに勘づき、なんとかして行く手を遮ろうとするだろうと、心配しなければならない。

「で、お宅とフェアウォーニングにうちはなにをしたらいい？」ボレンダーが訊いた。

「まあ、いまのところ必要なのは、セキュリティに関する一般的な情報なんだ」わたしは言った。「GT23社のウェブサイトを見てみたんだが、参加者の遺伝子データと遺伝物質を扱うために確立された何層ものセキュリティ措置があると謳われていた。そこんところを具体的に教えてくれればありがたいんだが」

「そうしたいのはやまやまなんだが、ジャック。だけど、そっちが訊いているのは、うちが口をひらかないことになっている専有事項についてだ。GT23社に遺伝子検体を提供する人はだれであれ、この業界で最高レベルのセキュリティを期待できる、と言うにとどめておく。政府が要求するよりもはるかに高いレベルなんだ」

陳腐な回答であり、政府の要求がなにもないときにそれをはるかに超えるのは無意味であると気づいていた。だが、話をはじめたばかりでボレンダーに飛びかかり、敵対したくはなかった。

その代わり、ファイルにいまのボレンダーの言葉を入力した。記事のなかで利用する必要が出てくるだろうから——もしその記事が掲載されるならば。

「オーケイ、事情は了解する」わたしは言った。「だけど、そちらのウェブサイトで、けっして情報漏洩は起こらないという保証はできないと明言している。たったいまそちらが言ったこととそれとはどう辻褄を合わせるのかな？」

「ウェブサイトに載っているのは、弁護士たちにウェブサイトに載せるよう指示されたものだ」ボレンダーは言った。声に険を含ませつつあった。「人生における何事も百パーセントを保証するものではなく、それを通告する必要があるんだ。だが、いま言ったように、うちの安全対策は、他の追随を許さないほど確かなものなんだ。ほかに質問はあるかい？」

「ああ、ちょっと待ってくれ」

わたしはボレンダーの回答を入力し終えた。

「えーっと、これがどういう意味なのか説明してもらえないだろうか？」わたしは訊いた。「そちらのウェブサイトにこう書かれている――もし第三者があなたの遺伝子データをほかの手段を通じて入手可能なほかの情報と組み合わせることができた場合、あなたを特定できる可能性が低いとはいえ、ありえるかもしれません」

「そこに書かれているとおりの意味だ」ボレンダーは言った。「可能性が低いとはいえ、ありえる。繰り返すが、法律用語だ。同意書にその文言を入れておく必要があるんだ」

「それについてもう少し詳しく説明してくれないだろうか？　たとえば、〝ほかの手段を通じて入手可能なほかの情報〟とはどういう意味だろう？」

「いろんな意味がありうるが、それに関する免責条項を明示しておくということだ、ジャック」

「GT23社で参加者のデータの漏洩はいままでにあったのか？」

ボレンダーが答えるまえに、間があった。彼の回答を疑うには充分なだけの間だった。

「もちろんない」ボレンダーは言った。「もし漏洩があったなら、業界を規制する役所である食品医薬品局に報告されていただろう。FDAを調べればいい。そんな報告は見つからないはずだ。漏洩は起こっていないのだから」

「なるほど」

わたしはキーボードを叩いていた。

「いまの話を記事に含めるのか？」ボレンダーは訊いた。

「わからんな」わたしは言った。「さっきそっちが言ったように、こちらは紐を集めているだけなんだ。そのうちわかる」

「ほかの人間にも話を聞いているのかい？　23社やミー・アンセストリー社で？」

「ああ、聞くつもりでいる」

「では、記事を掲載するなら、事前に見せてもらえればありがたい。正しく自分の発言が引用されているのか確かめたいんだ」

「うーん……この電話の最初にその要求はしなかっただろ、マーク。普通はわたしはそんなことをしないんだ」

「電話の最初にはどんな件なのか知らなかった。いまは、文脈に沿って、正しく発言が引用されるかどうか気になっている」

「その心配にはおよばんよ。わたしはこの仕事を長年おこなっており、引用をでっち上げたり、文脈から外れて引用したりはしない」

「じゃあ、この会話はここで終わりだな」

「待った、マーク、きみが動揺している理由がわからん。元記者で、いまは記者を相手にしているんだから、どういう仕組みかわかっているはずだ。取材のあとにルールを決めたりはしない。なんで動揺しているんだ？」

「ひとつには、あんたの経歴を調べ、あんたが何者かわかったからだ」

「自分が何者かは話したはずだが」

「だが、あの殺人犯たちについて書いた本のことは言わなかっただろ」

「それは古い、とても古い話で、いまの話にはなにも関係――」

「どちらの本も悪党に利用されたテクノロジーの進歩について書かれている。〈詩人（ザ・ポエット）〉？　〈案山子（スケアクロウ）〉？　マスコミに異名を付けられるほどひどい犯行に及んでいた連続殺人犯たち。ゆえにあんたがここに電話してきたのは、うちのセキュリティを確認して消費者を安心させるためじゃない、とおれは思う。ほかのなにかが起こっているんだ」

ボレンダーの考えは間違ってはいなかったが、正しくもなかった。わたしは自分がなにをつかんでいるのかまだわかっていなかったが、相手の責任逃れの態度に、GT23社にはなにかがあるかもしれないという感触が増すばかりだった。

「なにも起こっていないよ」わたしは言った。「そちらの会社に提供されるDNAのセキュリティについて知りたいとほんとに興味を抱いているんだ。だけど、次のことを約束する——きみの発言の引用をいまここで読み上げてほしいというのなら、そうしよう。わたしが正確に聞き取っているのがわかるだろう」

沈黙が降りた。やがてボレンダーはぶっきらぼうな口調で答え、会話がここで終わることをわたしに告げた——話をつづける方法を見つけないかぎり。

「じゃあ、話が済んだのなら、ジャック——」

「あとふたつ質問をさせてほしい。GT23社が急成長を遂げて、DNA分析の最大手の情報提供者のひとつになったのはどうしてかを記事で読んだんだ」

「そのとおりだ。質問はなんだ?」

「えーっと、GT23社はいまでもラボの作業を全部自前でやっているのか、それともあまりにも急激に大きくなりすぎたのでラボの作業を下請けに出しているのかい？」

「あー、ほかのラボに作業を委託することもあると思う。そちらの最後の質問は、下請けがおなじ安全性とプライバシー対策で作業をしているのかどうかというものだろうが、答えは絶対的なイエスだ。おなじ基準が末端まで適用されている。政府の要求をはるかに超える基準だ。記事になるようなものはない。もう話を切り上げないと」

「最後の質問だ。GT23社とその協力先は、セキュリティに関して連邦政府の規制および要求をはるかに超える水準を維持していて、プライバシーの漏洩があればすべて報告する云々という話だが、そんな規制や要求は存在せず、そうした問題を報告するというのはすべて自己申告にならざるをえないということにきみは気づいているのかい？」

「あの、なんと言うか……ジャック、あんたは間違った情報を手に入れていると思う。FDAはDNAを規制しているんだ」

「まさしく、DNAはFDAの管理下に置かれているが、FDAは少なくともいまにいたるまで、規制しないことを選択している。だから、そちらが言う、GT23社が政府の規制や要求をはるかに超えてというのは――」

「おれが言おうとしているのは、話はここまでだということだ、ジャック。よい一日を」

ボレンダーは電話を切り、わたしは電話を受話器台に戻した。拳を握り、それを金槌のようにして音を立てずに机にぶつけた。ボレンダーを彼自身の言葉で焼いてやったことを脇に置いて、大きな波のうねりが自分のまわりで起こっているのを感じていた。ボレンダーには動揺する理由がはっきりとあったのだ。自分を雇っている会社の名誉を守ろうとするだけではなく、ボレンダーは、業界全体の大きな秘密が暴かれる危険にさらされているのを知っているにちがいなかった。遺伝子検査は、政府の目がほとんど届いていない、自己規制の業界だった。

そしてそれはニュース記事にする価値があった。

9

調査とインタビューのメモをすべてプリントアウトした。共用プリンターから印刷したものを回収してから、わたしはオフィスを出ようとした。電話で潜在的寄付者に売りこんでいるマイロンのかたわらを通りすぎる。チャンスだ。自分がやっていることやどこへいくのかを説明せずにすむ。わたしは自分の名前を呼ばれることなく、ドアを出た。

ダウンタウンへいき、駐車場所を見つけるのに四十五分かかった。事前に電話をしなかったことで約二時間を無駄にするリスクを冒しているのはわかっていたが、事前に電話すれば、こちらが到着した際にレイチェル・ウォリングがたまたまオフィスを出ているリスクがあるのもわかっていた。

レイチェルのオフィスは、フォース・ストリートとメイン・ストリートの角にあるエレガントな古いマーカンタイル銀行ビルのなかにあった。その建物は、歴史建造物に登録されており、建物の前面はまだ銀行のように見える形で保存されるのが保証されていた。だが、かつては壮麗だった内部は改装され、個人オフィスやクリエイティブ・スペースに細かく区切られ、主に弁護士やロビイストなど、最寄りのシヴィック・センターでビジネスをおこなっている人間が借りていた。レイチェルは二部屋のオフィスに秘書をひとり雇っていた。

ドアには、RAWデータサービスと記されていた。RAWは、レイチェル・アン・ウォリングの頭文字だ。

レイチェルの秘書はトマス・リヴェットという名前だった。机の向こうに座って、コンピュータ画面に目を凝らしている。彼はビジネスの柱である身元調査に関わるコンピュータ作業の多くを扱っていた。

「やあ、ジャック」トマスは言った。「きょう来るとは思っていなかった」

「わたしもそのつもりじゃなかった」わたしは言った。「レイチェルは奥にいるかい？」

「いるよ。いまきみを通して大丈夫なのか、確認させてくれ。依頼人の資料を広げているかもしれないので」

トマスは机の電話を手に取り、二メートルもない背後の部屋に連絡を入れた。

「レイチェル？　ジャック・マカヴォイが来てる」

トマスがわたしのフルネームを使ったのを心に留めた。レイチェルの人生に別のジャックがいて、どちらのジャックが会いに来たのかトマスははっきりさせなければならなかったのだろうかと考えさせられた。

トマスは電話を切ると、笑顔でわたしを見上げた。

「大丈夫。入ってくれ」

「ありがとう、トマス」

わたしはトマスの机をまわりこみ、彼の背後の壁のまんなかにあるドアを通った。

レイチェルのオフィスは、長い長方形で、正面に小さな応接エリアがあり、その奥に両サイドに大きなモニターが載ったL字形の机があった。異なるIPアドレスを持つ別々のコンピュータで同時に別の仕事ができるようになっている。

わたしが部屋に入り、後ろ手にドアを閉めると、レイチェルは画面のひとつから目を離して、わたしを見た。最後に会ってから少なくとも一年は経っており、それはRAWデータの開業を知らしめるこのオフィスで催された混み合ったオープンハウスのときだった。この間、ショートメッセージや電子メールのやりとりはたまにあったものの、彼女に笑みを返しながら、ふたりきりで会うのはたぶん二年ぶりだとわたしは気づいた。

「ジャック」レイチェルは言った。

ほかにはなにもない。「ここでなにをしているの？」はなく、「いつでも好きなときにここに来ていいわけじゃない」もなく、「ここにくるまえにアポイントメントを取ってもらわないと」もない。

「レイチェル」わたしは言った。

わたしは彼女の机に近づいた。

「少しいいかな？」わたしは訊いた。

「もちろん。座って。元気、ジャック？」

机の向こうにまわりこみ、彼女を椅子から引っ張り上げ、抱き締めたかった。彼女にはまだその力があった。彼女を見るたびにそんな衝動に襲われる。どれほどひさしぶりに会ったところで関係なかった。

「元気だよ」そう言ってわたしは机のまえの椅子に腰を下ろした。「ほら、いつもと変わらない。きみはどうだ？　仕事のほうは？」

「順調」レイチェルは言った。「順調すぎるくらいに順調。もうだれも他人を信用しなくなっている。それはつまり、あたしにとってビジネスチャンスがあるということ。あたしたちの手に負えないくらい仕事を抱えている」

「あたしたち？」

「トマスとあたし。彼を共同経営者にしたの。それに値する」

どう言えばいいのかわからず、わたしはうなずいた。十年まえ、われわれは私立探偵として肩を並べて働く夢をわかちあった。FBIの年金を満額受給できるまで待ちたいというレイチェルの希望で、それを延期した。そのため、レイチェルは捜査局に残り、わたしはビロードの棺桶で働いた。そこでロドニー・フレッチャー事件が起こり、わたしは自分たちの関係や自分たちの計画よりも記事を優先させた。レイチェルは満額受給まで二年を残して解雇された。そしてわれわれの関係も壊れた。現在、レイチェルはわたし抜きで、身元調査や私立探偵としての調査をおこなっている。そしてわたしは消費者向けの屈強な番犬としての報道をおこなっている。

これは予定された形のものとは異なっていた。

ようやく自分の言葉が見つかった。

「ドアに彼の名前を入れるのかい？」

「入れないと思う。もうすでにＲＡＷデータでブランディングしており、うまくいっている。だから……用件はなに？」

「いま取材しているネタに関して、きみの脳を借りて、助言をもらえないかと期待していたんだ」

「そっちへ移動して」

レイチェルは応接エリアを指し示し、われわれはそちらへ移った。わたしはカウチに腰掛け、レイチェルはコーヒーテーブルをはさんで向かいのアームチェアに座った。レイチェルの背後の壁には、彼女の捜査局時代の写真が吊されていた。販促ツールというわけだ。

「で」ふたりが着席すると、レイチェルが言った。

「あるネタがある」わたしは言った。「つまり、書こうと思っているネタが。それをきみに話して、なにかピンと来るものがあるかどうか、確かめたいんだ」

できるだけ手短にティナ・ポルトレロ殺人事件の話を伝え、全米で起こったほかの三人の女性の死との結び付きと、それによってわたしが落ちることになった兎の巣穴について話した。ズボンの尻ポケットからプリントアウトを取りだし、GT23社のインフォームドコンセントのページの一節や、ボレンダーとティナの母親から聞き取った話のいくつかを読み聞かせた。

「なにかがあるという気がしているんだ。だけど、次にどんなステップを取ればいいのかわかっていない」と、わたしは締めくくった。

「最初の質問」レイチェルが言った。「ロス市警がそれとおなじふうに動いている兆候はあるの？　彼らはあなたが知っていることを知ってるの？」

「わからんが、三件の別の事件に気づいたかは疑わしい」

「そもそもどうやってあなたはそれに気づいたの？　あなたが扱っているたぐいのニュースじゃない気がする。消費者向け記者の仕事とは思えない」

わたしは昨年ティナ・ポルトレロと一夜を共にしたせいでロス市警がやってきた部分を意図的に省いていた。

「なんというか、おれはティナ・ポルトレロとちょっとした知り合いだったんだ――短いあいだ――それでロス市警がおれのところに来た」

「あなたは容疑者というわけ、ジャック？」

「いや、どちらかというと参考人かな。でも、その容疑はすぐに晴れるはずなんだ。連中に自分のDNAを渡した。それで容疑は晴れる」

「だけど、あなたには大きな利害関係がある。編集長は取材を認めているの？」

「おなじさ。いったんDNAで容疑が晴れれば、利害関係はなくなる。ああ、おれはティナと知り合いだったが、だからといって、事件について記事を書けないことにはならない。まえにもやったことだ。自分の兄の事件について記事を書いているし、そのまえには殺害された市政補佐官とも知り合いだった。その事件についても記事にした」

「ええ、でも、彼女ともファックしたの？」

それは辛辣な言葉で、それを聞いて、レイチェルがわたしのことになると利害の不一致を抱えていることに気づかされた。三年まえに別れると決めたのはおたがい納得ずくだったものの、どちらも相手のことを忘れられず、おそらくはけっして忘れられないだろう。

「いや、市政補佐官とはファックしていない」わたしは言った。「彼女はたんなる情報源だった」

その最後のセリフを口にしてすぐに、それが間違いだったと悟った。ロドニー・フレッチャーの悪行を暴く連載記事の情報源が自分であることをレイチェルが公にしたとき、レイチェルとわたしが内緒で付き合っていたことが公になってしまったのだった。

「すまん」わたしは急いで言った。「そんなつもりじゃ――」

「かまわない、ジャック」レイチェルは言った。「過ぎてしまったこと。そのＤＮＡ

の件は、あなたが正しいと思う。なにかある。あたしなら追ってみるね」

「ああ、だけど、どうやって？」

「自主規制の業界だと言ったでしょ。ボーイング社が自社の航空機が何機も墜落したとき、基本的に自主規制と自己申告をおこなっていたのが明らかになったのを覚えている？　それぐらい大きな事件に出会ったのかもしれない。それがなんなのかはどうだっていい——政府か官僚か企業か。ルールのないところには錆のように腐敗が発生する。それがあなたの狙い目。ＧＴ23社か、同業他社が情報漏洩を起こしたことがあるのかどうか調べる必要がある。もし起こしていたら、ゲームオーバーよ」

「言うは易く行うは難し」

「どこに脆弱性が潜んでいるのか自問すればいい。あなたが読んで聞かせてくれた箇所——〝情報漏洩がけっしておこらないという保証はできない〟。そこが重要。もしその保証ができないのなら、彼らはなにかを知っているわ。その脆弱性を見つけるの。広報担当者がすんなりあなたにそれを教えてくれるなんて期待しないで」

わたしはレイチェルがなにを言っているのかわかったが、こちらは建物の外にいてなかを覗きこんでいるような状況だった。いかなるシステムの弱点もつねに外部からは隠されている。

「それはわかってる」わたしは言った。「だけど、GT23社は要塞のようなんだ」

「すぐれた記者にとってどんな場所も要塞にはならない、とまえに話してくれたのはあなたじゃなかったっけ？　かならずなかに入る方法はある。元従業員や、不満を抱えている現従業員。馘首（くび）にされたのはだれ？　酷使されたのはだれ？　競合他社、嫉妬深い同僚――かならずなかに入る方法はある」

「わかった、全部確認してみる――」

「協力会社。それも脆弱性のひとつ。GT23社がなにをしているのか見るの、ジャック。彼らはデータを渡している――データを売っている。そこで彼らはデータのコントロールを失っている。もはや物理的にコントロールしていないし、そのデータを使っておこなわれることをコントロールしていない。彼らは研究申請に適切な注意を払ったのち、それが実際におこなわれる研究であると信頼する。だけど、ほんとうにそうなのかダブルチェックをしているかしら？　そこがあなたの進むべき方向。母親はなんて言ってた？」

「なんてとは？」

「被害者の母親。彼女の発言を読み上げたでしょ。ティナは一度も結婚したことがなく、ひとりの男性に縛られたくない、あの子は最初から男の子に夢中だった、と母親は言ったんでしょ。それってどういうことだろう？　上品な言い方をするなら、彼女はふしだらだった。現在の社会では、女性における問題行動と考えられている。そうじゃない？」

レイチェルのプロファイリングの本能が働きだすのを目の当たりにしていた。レイチェル・ウォリングにまた会いにくる隠れた動機がわたしにはあったかもしれなかったが、いま彼女は自分のスキルを使って、わたしの取材に方向性を与えてくれようとしていた。それは美しかった。

「あー、そうだ、と思う」

「古典的なプロファイル。男性が複数のパートナーとのセックスを追い求める、なんの不思議もない。女性の場合は？　ふしだらと言われ、娼婦(しょうふ)と言われる。さて、それって遺伝的なものでは？」

わたしはうなずいて、思いだした。

「セックス依存症。少なくともＧＴ23社の協力会社のひとつは、危険な行動とその遺伝的起源について研究している。どこかの記事でそれを見た。ほかにもあるかもしれない」

レイチェルはわたしを指さした。

「ビンゴ」レイチェルは言った。「セックス依存症。セックス依存症と遺伝子の関係を研究しているのはだれ?」

「わお」と、わたし。

「捜査局で働いているときにこの事件を担当できたらよかったのに」レイチェルは言った。「被害者学と容疑者のプロファイリングの両方に大きな役割を果たしたはずだわ」

レイチェルはしみじみとそう言った。捜査局での過去の仕事を思いだしていた。自分が持ちこんだものがレイチェルを昂奮させていたが、同時に、自分がかつて持っていたものやかつての自分を思いださせるものとして機能しているのがわかった。ここにやってきた自分の動機を思って申し訳ない気になりかけた。

「えーっと、じつにすばらしいよ、レイチェル」わたしは言った。「すごく役立つ。見るべきたくさんの方向性を与えてくれた」

「どれもあなたみたいなベテラン記者ならとっくにわかっていることだわ」レイチェルは言った。

わたしは彼女を見た。わたしの動機についてはこれまでにしよう。彼女は事件現場や殺人犯を読み取るのに用いていたやり方でわたしを読み取っていた。

「ほんとはなんの目的でここに来たの、ジャック？」レイチェルが訊いた。

わたしはうなずいた。

「まさにそこだ」わたしは言った。「きみはページがひらかれた本のようにこちらを読み取る。そしてそれがここに来た目的なんだ。ひょっとしたらきみがこの件を調べてみたいと思うかもしれない、殺人犯のプロファイリングをやりたがるかもしれない、被害者のプロファイルもやりたがるかも、と思ったんだ。被害者の情報をこっちはたくさん持っているし、殺人犯については、時間と場所、どうやって仕組んだかの情報がある――たくさんの情報を持っているんだ」

レイチェルはわたしが言い終わらないうちに首を横に振った。

「あまりにも多くの仕事を抱えているの」レイチェルは言った。「今週、市からの依頼で、マルホランド・コリドー計画委員会の候補者の身元調査があるし、常連客のための定例仕事が溜（た）まっている」

「まあ、そういうのが給料を払ってくれるんだし」わたしは言った。

「それに……その道に進みたくないの。そこは過去なの、ジャック」

「でも、きみはそれが得意だったぞ、レイチェル」

「得意だった。だけど、こんなふうにやると……その過去をいやでも思いだしてしまうと思うの。時間がかかったけど、あたしは手放したんだ」

わたしはレイチェルを見て、自分の力で読み取ろうとした。だが、彼女はいつも割るのが難しい堅いナッツだった。彼女の言葉をそのまま受け取るしかなかったが、彼女が戻りたくない過去というのは、自分が捨ててしまった仕事よりもわたしに関わるものかもしれないという気がした。

「オーケイ」わたしは言った。「では、きみに仕事に戻ってもらったほうがいいだろう」

わたしが立ち上がると、レイチェルも立ち上がった。臑(すね)の高さのコーヒーテーブルをあいだに挟み、わたしは身を乗りだしてぎこちなくハグをした。

「ありがとう、レイチェル」

「いつでもどうぞ、ジャック」

オフィスをあとにし、ジープを停めておいた駐車場を目指してメイン・ストリートを歩きながら、携帯電話を確認した。レイチェルに会いにいくまえに消音モードにしていたのだが、知らない番号からの電話を二件逃し、二件の新しいメッセージが入っているのが目に入った。

最初のメッセージはリサ・ヒルからだった。

「いやがらせはやめて」

短くシンプルで、すぐにガチャリと切られた。このメッセージで、二件めのメッセージをだれが吹きこんだのか、再生するまえに正確に推測することができた。マットスン刑事はヒルより少しばかり言葉数が多かった。

「ミッカヴォイ、ハラスメント被害で立件させたいなら、リサ・ヒルにうるさくしつづけさえすればいい。彼女を・放って・おけ」

わたしは両方のメッセージを削除した。怒りと屈辱で顔が紅潮していた。わたしはただ自分の仕事をしていただけなのに、ヒルもマットスンもそのように見ていないのが腹立たしかった。ふたりにとって、わたしはある種の侵入者だった。

そのことがティナ・ポルトレロと三人のほかの女性の身になにが起こったのか突き止めるという決意をいっそう強固なものにした。レイチェル・ウォリングは、過去に踏みこみたくないと言った。だが、わたしは踏みこんだ。ずいぶんひさしぶりにわたしは中毒的な勢いで血が騒ぐネタを手に入れたのだ。その感覚が戻ってきてよかった。

10

フェアウォーニングには、レクシスネクシス法律検索エンジンのような立派なものを導入する予算がなかった。だが、取締役会の一員であり、フェアウォーニングのすべての掲載記事に法の不備がないか確認してくれている弁護士であるウイリアム・マーチャンドは、そのサービスの有料会員であり、無償でわれわれに提供してくれている数多くの便宜のひとつとして、うちのスタッフにも使わせてくれていた。マーチャンドが金を払ってくれる依頼人に応対している事務所は、ヴィクトリー大通りにあり、ヴァンナイズ・シヴィック・センターと、そこと隣合い、マーチャンドが依頼人のため足繁く（あししげ）訪れている裁判所にほど近い場所だった。わたしはダウンタウンをあとにするとまず最初にそこに立ち寄った。

マーチャンドは法廷に出ていたが、法律事務職員（パラリーガル）のサッシャ・ネルスンがいて、彼女がコンピュータでレクシスネクシス検索サイトに接続し、GT23社あるいはその親会社や創業パートナーたちが訴訟の対象になったことがあるかどうか調べるあいだ、隣に座らせてくれた。係争中の訴訟が一件あり、別に訴訟がおこなわれたが和解が成立したので打ち切られたものが見つかった。

係争中のものは、ジェイスン・ファンという名の人物が訴えた不当解雇の訴訟だった。訴状の巻頭ページの訴因概要によれば、ファンは規制関連業務の専門家だったが、別の従業員からコーヒールームで会った際に体を触られたとの訴えがあって、解雇されたという。ファンはその告発を否定し、充分な内部調査という正当な手続きを経ずに解雇されたと主張した。訴状では、性的ハラスメントの訴えは、ＤＮＡ検査と研究に関する会社のプロトコルを厳守するよう求めていたファンを排除する手段としてでっち上げられたとしている。また、望まぬ性的接触の被害者とされた人物は、ファンが解雇されたあと彼のポジションに昇進しており、解雇が不当であることを明確に示しているという。

その訴訟でわたしが注目したのは、ファンがＧＴ23社のパロアルト研究所で直接同社に雇われていたのではないという点だった。ファンは厳密に言うと、ロサンジェルスのウッドランド・ヒルズにある独立研究所のウッドランド・バイオ社の従業員だった。ウッドランド・バイオ社は、訴状のなかでは、ＧＴ23社の下請け会社とされていた。元請け会社の処理能力を超えた遺伝子検査の一部を処理している研究所だという。ファンは元請け会社であるＧＴ23社を訴えていた。ＧＴ23社が最終的な人事権を持っており、またＧＴ23社に資金力があるからだった。ファンは、虚偽の告発によって業界での自分の評判が地に落ち、ほかの会社が雇ってくれないとして、百二十万ドルの損害賠償を求めていた。

わたしはサッシャに頼んで、その訴状をプリントアウトしてもらった。ファンの担当弁護士で、ＬＡダウンタウンの法律事務所のパートナーを務める人物の名前と連絡先を記した告知ページもそこには含まれていた。サッシャはわたしが昂奮しているのを察した。

「いい情報？」サッシャは訊いた。

「たぶんね」わたしは言った。「原告あるいはその弁護士が話してくれたら、なにかにつながる可能性がある」

「もうひとつの事件の情報も引っ張りだす？」

「ああ、頼む」

わたしはサッシャの椅子の隣にあるキャスター付きの椅子に座ったまま、彼女がキーボードを叩いて作業するのを見守った。サッシャは四十代前半で、長いあいだマーチャンドと働いていた。以前の会話から、サッシャが昼間はこの事務所で働きながら、夜間、ロースクールに通っているのをわたしは知っていた。勉強好きで、意志の強さを感じさせる魅力的な女性だった——眼鏡の奥に隠された美しい顔と目、口紅をけっして塗らず、あるいは化粧鏡のまえで長い時間を過ごしている様子をいっさい見せない。指輪やイヤリングをしておらず、コンピュータ画面に目を凝らしているとき、短い赤褐色の髪の毛を耳にかけておく無意識の癖があった。

ジェノタイプ23社を創業したのは六名のスタンフォード大学の男たちで、急増する法執行機関のＤＮＡ検査業務のニーズに応えるためだったことがわかった。だが、初期にジェンスン・フィッツジェラルドはほかの五名のパートナーによって共同経営者の権利を買い上げられた。

後年、ＧＴ23社が設立されたとき、フィッツジェラルドは、親会社の創業者のひとりとしての立場から、ＧＴ23社の活動の一部を受け取る権利があると主張して、訴訟を起こした。その訴訟に対する最初の回答は、親会社と新会社は別個の存在であるがゆえに、新会社が産みだした利益にフィッツジェラルドはなんの権利も持っていないというものだった。だが、レクシスネクシスで調べたファイルは、両者が和解に達し、その争いは解決したことを意味する共同の棄却通知で終わっていた。和解の詳細は非公開とされた。

わたしはサッシャにその訴訟関連の書類で手に入るものをプリントアウトするよう頼んだ。その件を追跡してもあまり成果はあがらないだろうと思ってはいたのだが。ファンの訴訟のほうがはるかに実りがあるものになりうる、と思っていた。

GT23社に関するほかの訴訟が見つからなかったので、サッシャに残りの五名の創業者の名前をひとりずつ入力して、彼ら個人による、あるいは彼ら個人に対する訴訟の有無を調べてもらうことにした。創業者のひとり、チャールズ・ブレイヤーに関係する離婚裁判が一件だけ見つかった。ブレイヤーの二十四年間の結婚生活は、その二年まえの妻アニタによる離婚申立てによって終わりを迎えた。アニタは、たえがたい冷酷さを訴え、夫を常習的な女たらしと呼んだ。彼女は二百万ドルの一時金と、三百二十万ドルの評価額があるパロアルトの自宅を手に入れることで離婚を成立させた。

「幸せなラブラブカップルがまた誕生した」サッシャは言った。「これも印刷する？」

「ああ、したほうがいいかも」わたしは言った。「ひどくシニカルだね」

「お金」サッシャは言った。「あらゆるトラブルの元。男たちは金持ちになると、自分たちがこの世の王だと思い、そのようにふるまう」

「それは個人的な経験から出た意見？」わたしは訊いた。

「いいえ、でも、法律事務所で働いているとたくさんの実例を目にするもの」

「担当案件で？」

「ええ、案件で。絶対にボスのことじゃないからね」

サッシャは立ち上がり、わたしが頼んだページが待ち受けているプリンターのところに向かった。トントンと叩いてまとめ、その束をクリップ留めしてからわたしに渡してくれた。わたしは立ち上がると、彼女の机のうしろから移動した。

「ロースクールはどうだい？」わたしは訊いた。

「順調そのもの」サッシャは答えた。「一年過ぎて、あと一年」

「卒業後もビルのもとで働くんだろうと思っているけど、それとも独立する気かい？」

「ここに残りたいと思っている。あなたやフェアウォーニングやほかの依頼人たちといっしょに働きたい」

わたしはうなずいた。

「すてきだ」わたしは言った。「さて、毎度のことだけど、ご協力に感謝する。ビルにもお礼を伝えてほしい。ふたりはうちの面倒をほんとうによく見てくれている」

「喜んでやってるの」サッシャは言った。「いい記事が書けるといいわね」

オフィスに戻ると、マイロン・レヴィンは、会議室に閉じこもっていた。ガラス越しに警官には見えない男女とマイロンがしゃべっているのが見え、わたしは自分の追及しているものとは関係ないだろうと推測した。間仕切り区画にいるエミリー・アトウォーターを見て、彼女の注意を惹くと、会議室のドアを指さした。

「資金援助者」エミリーは言った。

わたしはうなずき、自分の間仕切り区画に腰を下ろすと、ジェイスン・ファンの検索を開始した。電話番号あるいはSNSの足跡は見つからなかった。ファンはFacebookにもTwitterにもInstagramにもいなかった。わたしは立ち上がると、エミリーのところに歩いていった。彼女がビジネス特化型SNS、LinkedInの利用者であることをわたしは知っていた。わたし自身は、それを利用していなかった。

「ある人物をさがしているんだ」わたしは言った。「LinkedInでちょっと調べてくれないか？」

「この文を書き終わらせて」エミリーは言った。

彼女はキーボードを叩きつづけた。ガラス越しにマイロンの様子をうかがうと、女性が小切手を切っているのが目に入った。

「今週の給料は出そうだ」わたしは言った。

エミリーは手を止め、会議室の窓を見た。

「女性客が小切手を切っている」わたしは説明した。

「六桁だといいな」エミリーは言った。

フェアウォーニング最大の資金源は、個人や家族財団であることをわたしは知っていた。ときにはジャーナリズム財団からの個別対応マッチング・グラントである場合もあった。

「いいわ、名前はなに？」エミリーが訊いた。

「ジェイスン・ファン」そう言って、わたしはスペルを伝えた。

エミリーはキーボードを叩いた。タイピングをするさいにエミリーはまえのめりになる癖がある。あたかも自分が書こうとしているものに頭から飛びこんでいこうとしているかのように。彼女はパウダーブルーの瞳と蒼白（そうはく）な肌、ホワイトブロンドの髪の持ち主だった。また、彼女は背が高かった——女性にしてはというだけではなく、平底靴を履いて少なくとも百八十センチ以上あった。彼女はその特徴をつねにハイヒールを履くことで強調するのを選んでいた。それに加えて、彼女は非常に優秀な記者であり、戦争特派員を経て、ニューヨークとワシントンＤＣで勤めたのち、西へ向かってカリフォルニアにたどり着くと最終的にフェアウォーニングに落ち着いた。アフガニスタンに二度赴任したことで、彼女はタフで動じないという、記者としての優れた特性を身につけていた。

「この男は何者?」エミリーが訊いた。

「いま取材している会社の下請けをしていた研究所で働いていた人間だ」わたしは答えた。「で、馘首になり、会社を訴えた」

「GT23社を?」

「どうしてそれを知ってるんだ?」

「マイロン。その会社の取材に協力してもらうかもしれない、と言われたの」

「いまのところ、この男を見つけるだけでいい」

エミリーはうなずいた。

「だったら、ここには四人いる」エミリーは言った。

ファンが訴状でどう説明されていたかを思いだす。

「LA在住だ」わたしは言った。「UCLAで生命科学の修士号を取得している」

エミリーは四人のジェイスン・ファンの経歴を調べはじめ、ひとり調べるごとに首を振って、「ちがう」と言った。

「フォー・ストライクでアウト。だれもLA出身ですらない」

「わかった、調べてくれてありがとう」

「レクシスネクシスで調べてみれば」

「もう調べた」

わたしは自分の机に戻った。もちろん、本来調べておくべきなのに、ファンの名前をレクシスネクシスで調べてはいなかった。先ほどの法律事務所に電話を入れ、サッシャ・ネルスンにその検索をしてもらうよう小声で頼んだ。サッシャがキーボードを叩いている音が聞こえた。

「んー、さっきの訴訟しか出てこないわ」サッシャは言った。「残念ね」

「かまわない」わたしは言った。「まだいくつか秘策はある」

電話を切ると、わたしはジェイスン・ファンの検索をつづけた。ファンの代理として訴訟をおこなった弁護士に連絡するという簡単な方法があるのはわかっていたが、依頼人の肩に留まって、情報の流れをコントロールしようとする弁護士抜きで、ファンにたどり着きたかった。しかしながら、この弁護士は、訴状のなかでファンの資格や経験を並べたて、ウッドランド・バイオ社に雇われるまえには二〇一二年にＵＣＬＡで修士号を取得していると記載している点で役に立った。

ということは、ファンは若い男なのだ。おそらくは三十代前半である可能性が高い。ファンはウッドランド・バイオ社で研究技師としてスタートし、馘首になるほんの一年まえに規制関係の専門家に昇進していた。

ＤＮＡ分野の専門組織を検索したところ、全米職業遺伝学者協会という名前の組織を見つけた。そこのウェブサイト・メニューには、「研究所探し」という名のついたページがあり、そこは求人セクションだと思った。ファンは係争中の訴訟で、自身に対する告発のせいで遺伝子業界で除け者（のけもの）になってしまったと主張していた。MeTooの時代では、告発されただけでキャリアが終わってしまう。ひょっとしたらファンがどこかで面接を受けようとして、自分の履歴書と連絡先を投稿した可能性があるかもしれない、とわたしは思った。業界で就職先が見つからないことを証明するために、弁護士に指示されてそういうことをした可能性があった。

履歴書はアルファベット順に掲載されており、ジェイスン・ファン（Hwang）の職務経歴書は、Ｈの頭文字の最後にあった。大当たりだ。

そこには電子メール・アドレス、電話番号、郵便の宛先が含まれていた。職務経歴欄には、ＧＴ23社での品質管理の専門家および、ＤＮＡ分析のさまざまな面を監視する関係規制機関と会社のあいだの連絡役としての仕事の内容が記されていた。主な機関として、食品医薬品局や、保健社会福祉省、連邦取引委員会（FTC）があった。また、ファンがいくつかの照会先を挙げているのに気づいた。大半が個人的あるいは教育機関の支援者だったが、ひとり、連邦取引委員会の調査官として、ゴードン・ウェブスターなる人物が挙げられていた。わたしはその名前を書き留め、ウェブスターにインタビューしてみる価値があるかもしれないと考えた。

ファンの細かい情報も書き留めた。わたしは仕事に没頭し、勢いを保っていた。もしファンの郵便の宛先が自宅であるなら、彼はウェスト・ハリウッドの丘を越えたすぐそこに住んでいる。時間を確認すると、いまオフィスを出れば、ラッシュアワーに巻きこまれるまえにロウレル・キャニオン大通りを通り抜けられるだろうと思った。

新しい手帳とテープレコーダーの電池をバックパックに入れてから、ドアに向かった。

11

ロウレル・キャニオン大通りという曲がりくねった二車線の蛇を通過するのに三十分近くかかった。わたしはロサンジェルスに関するあらたな実物的教訓を学んだ——すべての時間がラッシュアワーゆえ、ラッシュアワーなるものは存在しない。

ジェイスン・ファンの職務経歴書に記されていた住所は、ウィロビー・アヴェニューにある一軒家と対応していた。そこは高い生け垣を巡らせた高級住宅街だった。三十代前半の無職の生物学者にしては、あまりによすぎる住宅に見えた。わたしは車を停め、厚さ一・八メートルの生け垣に切りこまれたアーチ形の通路を通り抜けると、白い立方体の形をした二階建て家屋のアクアマリン色の扉をノックした。ノックしたあとでドアベルを鳴らしたが、どちらか一方だけにすべきだった。だが、ドアベルにつづいて、家のなかで犬が吠(ほ)える声が聞こえ、すぐにその犬の名前——ティプシー——をだれかが怒鳴って、鳴き止(や)ませた。

ドアがあき、ひとりの男がトイプードルを脇に抱えてその場に立っていた。犬はその家とおなじくらい白かった。男はアジア系で、とても小柄だった。背が低いだけではなく、全体的に小さかった。

「どうも、ジェイスン・ファンさんをさがしています」わたしは言った。

「どちらさん？」男は訊いた。「なぜ彼をさがしているのかな？」

「わたしは記者です。GT23社に関する取材をしており、その件で彼と話をしたいんです」

「どんなたぐいの記事を書くのかな？」

「あなたがジェイスン・ファンさん？　本人にならどんなたぐいの記事なのかお話しします」

「ぼくがジェイスンだ。どんな記事なんだい？」

「ここで立ったまま話すのは避けたいですね。腰を落ち着けて話をする場所はありますか？　家のなかか、あるいは近くのどこかで？」

　この仕事をはじめたとき担当の編集長だったフォーリーが授けてくれたコツだった。けっして戸口でインタビューをするな。訊かれていることが気に入らないと相手はドアを閉めることができる。

「名刺かなんらかのＩＤを持っているかい？」ファンが訊いた。

「もちろん」わたしは言った。

わたしは財布から名刺を取りだし、彼に手渡した。ビロードの棺桶向けに犯罪事件記事を定期的に執筆していた六年まえに保安官事務所から発行された取材許可証も見せた。

ファンは両方をしげしげと眺めたが、取材許可証が二〇一三年発行で、そこに写っている写真の男がいまのわたしよりかなり若く見える点について触れなかった。

「オーケイ」ファンはそう言うと許可証を返した。「入ってくれ」

ファンは一歩退いて、わたしをなかに通してくれた。

「ありがとう」わたしは礼を言った。

玄関を入り、白と水色の家具で彩られたリビングルームに案内された。ファンはカウチを身振りで示した——そこに座れという——自分はおなじ色のソファーチェアに腰を下ろした。犬をソファーの自分の隣に置く。ファンは白いズボンとシーフォームグリーンのゴルフシャツを着ていた。家のデザインと内装に完璧に溶けこんでおり、わたしはそれを偶然の産物とは思わなかった。

「ここでひとりで住んでいるんですか？」わたしは訊いた。

「いいや」ファンは答えた。

それ以上詳しいことは話さない。

「さて、玄関で話したように、わたしはＧＴ23社の取材をしており、あなたの訴訟に出くわしました。まだ係争中ですよね？」

「係争中だけど、裁判の日程がまだ決まっていないんだ」ファンは言った。「訴訟はまだ進行中であるため、内容については話せない」

「まあ、あなたの訴訟はわたしが書こうと思っているものじゃありません。その訴訟を避けるとするなら、二、三質問してもかまいませんか？」

「いや、不可能だ。うちの弁護士は別のジャーナリストから連絡があったとき、ぼくにいっさいしゃべってはならないと言ったんだ。しゃべりたかったけど、しゃべらせてくれなかった」

いきなり記者最大の恐怖に襲われた――特ダネを抜かれるという。別のジャーナリストがわたし同様、その裁判を調べているかもしれなかった。

「その別のジャーナリストというのはだれでした？」わたしは訊いた。

「覚えていない」ファンが答える。「弁護士が取材を断ったんだ」

「ということは、それは最近の出来事なんですか？　あるいは、あなたが訴えを起こしたときの話なんですか？」

「ああ、訴えを起こしたときのことだ」

安堵の波が襲ってきた。この訴訟はほぼ一年まえに起こされたものだった。たぶん記者からの定型的な問い合わせなんだろう。おそらくロサンジェルス・タイムズの記者が、法廷の訴訟事件一覧表を見て、コメントを求めてきたのだろう。

「オフレコで話をするならどうです？」わたしは訊いた。「あなたの発言を引用したり、名前を使ったりしません」

「どうだろう」ファンは言った。「それでもリスクがある気がするなあ。あなたのことを知らないのに信じてくれと頼まれても」

これはこれまで何度も踊ってきたダンスだった。人はしゃべれない、あるいはしゃべりたくないとよく口にする。コツは、彼らの怒りを利用して、安全な捌け口を与えてやることだ。そうすると、彼らは口をひらくものだった。

「わたしに言えるのは、あなたが特定されないように守りますということです」わたしは言った。「わたし自身の信用が懸かっているのです。情報源を見捨てれば、もうどんな情報源もわたしを信用してくれなくなる。かつて、わたしは情報源の名前を明かそうとしなかったせいで六十三日間、牢屋に入っていました」

ファンは戦いた表情を浮かべた。その経験を話すと、話そうかどうしようかどっちつかずの態度でいる人に効果があることがよくあった。

「なにがあったんだい？」ファンが訊いた。

「最終的に判事は釈放してくれました」わたしは言った。「わたしが名前を明かさないだろうとわかったんです」

それらはすべて真実だったが、わたしの情報源――レイチェル・ウォリング――が自分が情報源であると名乗り出たという部分は伏せておいた。そのあと、法廷侮辱罪による拘禁措置をつづける意味がなくなったので、判事はわたしを釈放したのだった。

「要するに、ぼくがしゃべれば、しゃべったのがぼくだと向こうにわかってしまうんだ」ファンは言った。「向こうは記事を読んで、こう言う。『ほかにだれの口からこの話が出るというんだ？』」

「あなたの情報は記事の背景として使われるだけになるでしょう。わたしは記録に残しません。メモを取る必要すらないです。たんにどういうことになっているのか理解しようとしているだけなんです」

ファンは黙りこんでから、決心したようだった。

「質問してくれ。もしその質問が気に入らなかったら、ぼくは答えない」

「それで充分です」

もしファンが話をしてくれることになったら——オフレコであれ、オンレコであれ——どういうふうに自分の話を説明すればいいのか、ちゃんと考えていなかった。いまがそのときだった。すぐれた刑事のように、わたしはインタビュー対象者にもっている情報のすべてを明らかにしたくなかった。わたしはファンのことを知っておらず、彼がその情報をだれに伝える可能性があるかわからなかった。ファンはわたしを信用していいか心配していたが、わたしもまた彼を信用していいか心配していた。

「わたしが何者であり、なにをしているのか、まず説明させて下さい」とわたしは話しはじめた。「わたしはフェアウォーニングという名のニュース・サイトで働いています。消費者保護の報道をおこなっているサイトです。ほら、弱者のために監視するというサイトです。そして、遺伝子分析業界での個人情報と生物由来物質のセキュリティ調査を任されました」

ファンはたちまち馬鹿にしたように言った。

「セキュリティなんてどこにある？」

わたしは記事のなかで最初に引用される発言だと本能的に察知し、その発言を書き留めたかった。物議をかもし、読者をひきこむものだ。だが、書き留めることはできなかった。ファンと取り決めをしたのだから。

「あなたはGT23社のセキュリティに感心しなかったようですね」わたしは言った。その質問は意図的にどんな形でも答えられるような形にした。ファンが望めば、好きなように回答できた。

「研究所ではちがう」ファンは言った。「ぼくは厳格に研究室を運営していた。すべてのプロトコルを遵守した。それは法廷で証明するつもりだ。問題はそのあとで起ることだった」

「あとで？」わたしは誘い水を向けた。

「データが向かう場所だ。あの会社は金を欲しがっていた。金が支払われるかぎり、データがどこにいこうと向こうは気にしていなかった」

「あなたが言う〝向こう〟というのは、GT23社のことですね？」

「ああ、もちろんだ。向こうは株式を公開し、株価を維持するのにもっと収益を必要としていた。だから、商売のため間口を広げたんだ。ハードルを下げた」

「たとえばどんなふうに？」

「挙げればきりがないよ。われわれは世界中にDNAを出荷していた。何千という検体を。あの会社は金を必要としており、ＦＤＡに登録されている研究所あるいはほかの国の同種のものに登録されている研究所であるかぎり、だれも追い返さなかった」

「ということはじゃあ、合法的な存在でなければならなかったんですね。だれかが車で乗りつけて、『ＤＮＡをくれ』というようなものじゃなかった。あなたの懸念がわかりません」

「いまは、西部開拓時代なんだ。遺伝子研究にはあまりにも多くの方向性がある。ほんとの揺籃（ようらん）期なんだ。そしてわれわれは――つまり会社は――いったんドアの外に出たなら、検体になにが起ころうと、どう使われようと制御できない。それはＦＤＡの問題であり、わが社の問題じゃない――というのが会社の態度だ。そして、ここだけの話、ＦＤＡはなにもしなかったんだ」

「なるほど、それはわかりますし、それがいいことだと言うつもりはありませんが、すべて匿名にしているというセキュリティはあったんじゃないですか？　つまり、研究者たちはＤＮＡを渡されるものの、参加者のアイデンティティは渡されなかったのでしょう？」

「もちろん。だが、そういう問題じゃないんだ。あなたは現在の話を考えている。だけど、将来はどうなる？　この科学はとても若いんだ。ヒトゲノムの解析が完了して二十年経っていない。日々、新しいことが発見されている。いま匿名でいるものが二十年間そのままでいるだろうか？　十年では？　あるいはユーザーネームやパスワードはどうだろうか？　万が一、個人のＤＮＡがその個人の識別子になり、それを渡してしまっていたとしたらどうなる？」

ファンは片手を上げ、天井を指さした。

「軍ですら」ファンは言った。「ことし、ペンタゴンが所属軍人全員にセキュリティの問題から、ＤＮＡキットを利用しないように伝えたのは知ってるかい？」

わたしはその報道は見ていなかったが、ファンがいわんとしているところは把握した。

「あなたはその点についてＧＴ23社に警告していたんですか？」わたしは訊いた。

「もちろんしたさ」ファンは答えた。「毎日。そんなことをしていたのはぼくだけだった」

「訴状で読みましたよ」

「それについては話せない。オフレコでも。ぼくの弁護士が――」

「あなたに質問しているんじゃありません。ですが、訴状では、あなたを告発した従業員――デイヴィッド・シャンリー――があなたの仕事を奪おうとして、あなたを陥れ、それについてGT23社は調べなかったと書かれていました」

「全部嘘っぱちだったんだ」

「わかります。おっしゃりたいことは。ですが、動機です。あなたの口をつぐませるためにおこなわれた可能性がある、とは思っていないんですね？　DNAの行き先に関するコントロールや関心の欠如について」

「ぼくにわかっているのは、シャンリーがぼくの仕事を手に入れたということだけだ。あの男はぼくについて嘘をつき、ぼくの仕事を手に入れたんだ」

「あなたを会社から追放する報酬がそれだったかもしれませんね。あなたが内部告発者になるのを怖れたんでしょう」

「ぼくの弁護士は会社の文書の提出命令を出した。電子メールも。もしそこにあれば、見つかるだろう」

「GT23社によって売られていたDNAについてあなたがおっしゃっていたことに戻りましょう。検体が売られていた研究所あるいはバイオテクノロジー会社の名前を覚えていますか？」

「あまりにも多すぎて覚えていられないよ。ほぼ一日おきに検体を入れた生体パックをまとめていたんだ」

「ＤＮＡの最大の購入客はどこでしたか？　覚えていますか？」

「あまり覚えていない。なにをさがしているのか話してくれないか？」

わたしはファンを長いあいだ見つめた。わたしは事実と情報の探求者だ。その事実と情報を記事のなかで明らかにするときまで、秘匿し、他人とわかちあわないというのが建前だ。だが、ファンはいま話している以上のことを知っているという気がわたしにはしていた。ファン自身がそれにまだ気づいていないのかもしれない。自分のルールを破り、手に入れるためには与える必要があると感じた。

「オーケイ、ここに来た本当の理由を話しましょう」

「そうしてくれ」

「先週、ＬＡで若い女性が殺されました。首を折られて。わたしがその事件を調べていたら、まったくおなじように亡くなった三人の女性が浮かび上がってきたんです。それぞれカリフォルニアとテキサスとフロリダの女性でした」

「わけがわからない。それがいったいなんの関係が――」

「ひょっとしたらまったく無関係かもしれません。ひょっとしたら全部偶然かも。ですが、四人の女性は全員ＧＴ23社の参加者でした。彼女たちはおたがいを知らなかったんですが、全員自分たちのＤＮＡを送っていました。四人の女性がおなじように亡くなり、その四人はGT23社の参加者でした。わたしにはそれは偶然ではありえないと思え、それがわたしがここにいる理由です」

ファンはなにも言わなかった。わたしがいま話したことの可能性をじっくり考えているようだった。

「まだあります」わたしは言った。「この件をそれほど調べているわけではありませんが、もうひとつの共通点があるかもしれないんです」

「それはなんだい？」ファンは訊いた。

「ある種の常習行動。LAの女性はアルコールと薬物依存の治療を受けていました。彼女は一種のパーティーガールでした――数多くのクラブに出かけ、バーで複数の男性と出会っていたんです」

「汚い四（ダーティー・フォー）だ」

「はぁ？」

「ダーティー・フォー。DRD4遺伝子のことを一部の遺伝子研究者はそう呼んでいる」

「どうして？」

「その遺伝子は、危険行動やセックス依存を含む依存症に関連していると確認されているんだ」

「それは女性のゲノムにあるんですか？」

「男性にも女性にもある」

「頻繁にひとりでバーに出かけ、セックスをするため男性をナンパする女性を例に取りましょう——彼女はＤＲＤ４遺伝子を持っているからだ、とあなたは言っているんですか？」

「その可能性はある。だけど、この科学は揺籃期にあり、人それぞれだ。確実にそうだとは言えないと思う」

「あなたの知っているかぎりで、ＧＴ23社の協力者のなかにダーティー・フォー遺伝子を研究している人はいますか？」

「いる可能性はあるけど、そこがぼくが言いつづけている間違っているところなんだ。ある目的のためにＤＮＡを売ることができるとしても、相手がそれを別の目的に使うことをだれが止めるんだ？　相手が第三者に転売することをだれが止めるんだ？」

「ＧＴ23社に関する記事を見ました。ＤＮＡが送られる場所の一部がそこに掲載されていました。アーヴァインにある研究所で依存症と危険行動の研究がなされていると書かれていました」

「ああ。オレンジ・ナノだ」

「それがその研究所？」

「その研究所だ。大口の買い手だ」

「運営しているのはだれです？」

「ウイリアム・オートンという名のバイオテクノロジー野郎だ」

「そこはカリフォルニア大学アーヴァイン校の一部なんですか？」

「いや、民間出資の研究所だ。たぶん大手製薬会社が出資者だろうな。ほら、GT23社は大学より民間の研究所に売りたがっていたんだ。民間の研究所のほうが高く買ってくれるし、取引の公的記録はない」

「あなたはオートンとやりとりをしましたか？」

「何度か電話で。それだけだ」

「なぜ彼と電話でやりとりをしたんです？」

「なぜなら、オートンがぼくに電話をしてきて、検体の生体パックについて訊いてきたからだ。ほら、ちゃんと出荷されたのか確認するとか、あるいは既存の注文に追加するためとか」

「オートンが注文してきたのは一回だけではなかったんですね？」

「ああ。何度も注文してきた」

「たとえば毎週とか？　あるいはどんな頻度で？」

「いや、月に一度とか、それよりもあいだを空けて」

「で、どんな注文でしたか？　量はどれくらい？」

「百検体が入っている生体パックだ」

「なぜオートンは生体パックをずっと注文しなければならなかったんでしょう？」

「継続的な研究目的のためさ。連中はみんなそうしている」

「オートンは自身の研究所の研究内容について話したことがありましたか？」

「ときどき」

「どんなことを言ってました？」

「それほど詳しくは言っていなかった。それが自分の研究分野なんだと言っていただけだ。さまざまな形の依存。アルコールや薬物やセックスや。それらに関わる遺伝子を特定して、治療法を開発したがっていた。それでダーティー・フォーのことをぼくは知ったんだ。オートンから」

「オートンは〝ダーティー・フォー〟というフレーズを使っていましたか？」

「以前にほかにだれかそのフレーズをあなたに向かって使った人間はいましたか？」

「ああ」

「覚えているかぎりではいないな」

「あなたはオレンジ・ナノ研究所にいったことがありますか？」

「いや、一度もない。連絡方法は電話と電子メールだけだった」

わたしはうなずいた。その瞬間、オレンジ・ナノを訪れるためアーヴァインにいくことになるだろう、とわかった。

12

自分の時間の一番いい使い方は、渋滞したフリーウェイや山道を通って山を越えてヴァレー地区に降りていくのを待っている車の群れに突っこんでいくことではないだろう、と判断した。一日のこの時間だと九十分はかかりかねない。

天使の街をとても美しいものにしているひとつは、最大の苦難も作りだしていた。サンタモニカ山脈は街の中央を貫き、北側の――わたしが住んで働いている――サンフェルナンド・ヴァレーと、ハリウッドとウェストサイド地区を含む、南にいたる街の残り部分を分かっていた。大きな峠と何本もの二車線の曲がりくねった道を横断する形で二本のフリーウェイがある。どの道を選んでも、平日の午後五時だと、どこにもいけない。わたしは〈コーファックス・コーヒー〉に車を乗りつけ、ボブルヘッド人形やその他のドジャースの土産物が並べられている下にあるテーブルにカプチーノとノートパソコンを置いた。

わたしはまず、ジェイスン・ファンとのインタビュー内容と、オレンジ・ナノ研究所に関して手に入れた手がかりを簡単に要約した電子メールをマイロン・レヴィンに送った。次にファイルをひらき、ファンがわたしに話したことをすべて思いだそうとし、記憶からインタビューの詳細なまとめを書き留めた。二杯目のカプチーノを途中まで飲んだところで、マイロンから電話がかかってきた。

「いまどこだ?」

「丘の反対側。フェアファックス・アヴェニューのコーヒーショップで、メモをまとめていて、車が空くのを待っている」

「もう六時だ。いつ戻ってこられそうだ?」

「メモはほぼ終わっているので、道路に出ようと思っている」

「じゃあ、七時までには着くな?」

「うまくいけばそのまえに」

「わかった、待っていよう。この記事について話をしたいんだ」

「話だけでいいのかい? こちらから送った電子メールは読んでくれただろうか? こっちで重要なインタビューを終えたところなんだ」

「電子メールは受け取っているが、きみがここに着いたら、その件で話そう」

「わかった。ニコルズ・キャニオンを試してみるつもりだ。ひょっとしたら幸運に恵まれるかもしれない」

「じゃあ、そのときに」

電話を切ってから、なぜマイロンが直接会って話をしたがるんだろう、と訝った。ここに大きなネタがあるということをわたしとおなじようには確信していないのかもしれない。マイロンはわたしの電子メールについてなにも言わなかったし、もう一度彼にネタを売りこむ必要があるような気がした。

ニコルズ・キャニオンは、幸運に恵まれたルートだった。車はマルホランド・ドライブの避けがたい隘路にいたるまでは、ヒルサイド地域をスムーズに流れた。いったん隘路を抜けると、またしても順風満帆にヴァレー地区まで降りていった。わたしは六時四十分にオフィスに入っていき、達成感を味わっていた。

マイロンはエミリー・アトウォーターといっしょに会議室にいた。わたしは机にバックパックを置くと、窓越しにマイロンに手を振った。予想されていたよりわたしが早く戻ったため、マイロンはまだエミリーと記事の打合せを終えていなかったのだろう、とわたしは思った。

だが、マイロンはわたしを招き入れたが、わたしが会議室に入ってもエミリーを退席させる動きを示さなかった。

「ジャック」マイロンは言った。「きみの記事の助っ人としてエミリーを加えたいんだ」

わたしは返事をするまえにまじまじとマイロンを見た。賢いやり方を彼はした。エミリーを会議室に残しておいたのは、そうしたほうがマイロンの計画にわたしが反対するのを難しくするためだった。それでも、わたしはなんの抗議もしないでこの侵略行為を受け入れるわけにはいかなかった。

「どうして?」わたしは訊いた。「つまり、ひとりで充分やれていると思う」

「きみが電子メールのなかで触れていたオレンジ・カウンティ・ナノ研究所の件は、有望に見える」マイロンは言った。「きみがエミリーの経歴を知っているかどうか知らないが、彼女はフェアウォーニングに来るまえにオレンジ・カウンティ・レジスター紙で高等教育を専門に取材していたんだ。いまでもそこに連絡相手がいて、きみたちふたりがチームを組むのはいいことだと思う」

「チームを組む? だけど、これはおれの記事だ」

「もちろん、そうだ。だが、記事がでかくなればなるほど、手が必要になることがある——経験豊富な手が。いまも言ったように、エミリーはしかるべき知り合いがいる。きみは対処すべき警察の問題も抱えている」

「警察の問題とは？」

「わたしが知るかぎりでは、きみはまだ彼らの重要参考人リストに載っている。最近、彼らと話をしたか？　連中はきみのDNAを処理したのか？」

「きょうは連中と話をしていない。だけど、それは問題なんかじゃない。彼らがDNAを調べさえすればすぐにおれはリストから外れるんだ。あすの朝一番にオレンジ・ナノ研究所にいく計画でいた」

「それはよさそうだが、それこそわたしの言わんとしていることだ。用意をしないでそこへいってもらいたくない。その研究所あるいはそこの職員について、下調べはしたのか？」

「まだだが、調べるつもりだ。だからオフィスに戻ってきて、少し調査をするつもりだったんだ」

「では、エミリーと話してくれ。彼女はすでに少し調査をおこなっている。きみたちふたりで行動計画を立案できるだろう」

わたしはなにも言わなかった。テーブルをただ見下ろしていた。マイロンの心を変えることはできないだろうとわかっていたし、それに——渋々ながらも——マイロンの言うことが正しいともわかっていた気がする。記者はひとりよりもふたりいるほうがいい。それにスタッフの半分をこの記事につけるならば、マイロンをよりのめりこませることになるだろう。

「よし」マイロンは言った。「では、ふたりに取材を任せる。連絡を絶やさぬようにしてくれ」

マイロンは立ち上がり、会議室を出ていくとドアを閉めた。わたしが口をひらくまえにエミリーが口をひらいた。

「ごめん、ジャック」エミリーは言った。「この件に仲間に入れてくれとわたしが頼んだんじゃないの。マイロンに引っ張りこまれたの」

「気にしないでくれ」わたしは言った。「きみを非難するつもりはない。ひとりで充分だと思っていただけさ、わかるだろ？」

「ええ。だけど、あなたが帰ってくるのを待っているあいだにウイリアム・オートンについて下調べをしてみた。オレンジ・ナノ研究所を運営している人間について」

「それで？」

「あそこにはなにかあると思う。オートンは、オレンジ・ナノをはじめるにあたって、ＵＣアーヴァイン校を辞めているの」

「それで？」

「それで、普通なら、終身在職権があり、自由に研究室を使えて、手足になって働いてくれる博士号取得候補者が無制限にいるUCの仕事を手放すわけがない。大学の外で会社なり研究所を起ち上げることはできるけど、大学が根っこなの。そこに所属していると、自分の役に立つのでそれを手放しはしない。助成金や研究分野での露出などあらゆるものを手に入れるのが容易になる」

「では、なにかが起こったんだ」

「そのとおり、なにかが起こった。それがなんだったのか突き止めるつもり」

「どうやって？」

「そうね、カリフォルニア大学アーヴァイン校（UCI）を調べてみる――あそこにまだいくつかツテがある――あなたはさっき言ってたことをやって、オレンジ・ナノ研究所を調べるの。あなたの領分を侵すつもりはないけど、こっちで協力できると思う」

「わかった」

「けっこう、じゃあ」

「ふたりでやったらうまくいくんじゃないかなと思って……」

それから一時間、わたしは四人の女性の死とGT23社について、いまのところ知っているかぎりのすべてを話した。エミリーは数多くの質問をしてきた。われわれはともに行動計画を練り、ふたつの角度からこのネタにアタックをかけることにした。彼女といっしょに働くことについて、最初は渋々だったが、いまやありがたく思うようになっていた。エミリーはわたしほど経験はなかったが、堂々としており、この二年間、フェアウォーニングが世に出したもっとも重要な記事を彼女が書いたのをわたしは知っていた。その夜、オフィスをあとにしたとき、わたしはマイロンがわれわれをいっしょにさせたのはいい動きだと思うようになっていた。

ジープに戻り、自宅へ向かったのは午後八時だった。車庫に車を停めてから、郵便を確認するため、共同住宅の正面に歩いていった。郵便受けを最後に確認したのは一週間まえで、これは届いたジャンクメールを取りだして郵便受けを空にするのが主目的だった。

建物の管理会社は、集合郵便受けの隣にゴミ箱を置いており、ジャンクメールをすばやくその最終目的地に移行させることができるようになっていた。わたしが郵便の束に目を通しながら、ひとつずつゴミ箱に放りこんでいると、背後に足音がして、聞き覚えのある声が聞こえた。

「ミッカヴォイさん。ちょうどさがしていたところだ」

マットスンとサカイだった。マットスンはまたしてもわたしの名前を間違って発音していた。折り畳まれた書類を手にしており、暗くなりかけている陽の光のなかで近づいてきながら、それをわたしに差しだした。

「それはなんだ？」わたしは訊いた。

「これは逮捕状だよ」マットスンは言った。「全員の署名がなされ、封印され、市検事局によって送達されたものだ。あんたを逮捕する」

「なんだって？　なんの容疑で逮捕だ？」

「カリフォルニア刑法第百四十八条に該当するだろうな。任務遂行中の警察官の妨害だ。当該警察官はわたしになり、捜査はクリスティナ・ポルトレロの殺害事件だ。われわれはあんたに手を引けと言った、ミッカヴォイ、だが、そうしなかった――あんたはわれわれの証人にハラスメントをつづけ、嘘をつきつづけた」

「いったいなにを言ってるんだ？　わたしはあんたであれほかのだれかであれ、捜査妨害なんてしていない。わたしは記事の取材をしている記者であり――」

「いや、あんたは重要参考人であり、わたしは手を引けと言った。あんたは手を引かず、もうおしまいだ。その壁に両手を置きなさい」

「こんなの馬鹿げている。自分の勤める市警に大恥をかかせようとしているんだぞ、それがわかっているのか？　報道の自由と呼ばれるものを耳にしたことがないのか？」

「判事に言うんだな。さて、向こうを向いて、両手をそこに置くんだ。武器の有無を確かめるため、身体検査をおこなう」

「なんてこった、マットスン、こんなことをしても意味がない。自分がポルトレロに関してなんの情報もつかんでいなくて、注意をそらしたいからなのか？」

マットスンはなにも言わなかった。わたしは言われたように行動し、壁に向かって移動した。捜査妨害というでたらめな容疑に重ねて、逮捕に抵抗した容疑を加えたくはなかった。マットスンはすばやくわたしの身体検査をおこない、ポケットを空にすると、携帯電話と財布と鍵束をサカイに渡した。わたしは首をひねってサカイの様子を確認した。この動きに全面的に賛同している男のようには見えなかった。

「サカイ刑事、こんなことをさせないよう同僚に話してくれたのか？」わたしは訊いた。「これは間違いであり、面倒なことになったら、この男と共倒れするんだぞ」

「黙っていたほうがいい」サカイは言った。

「黙っていられるものか」わたしは言い返した。「世界じゅうの人間がこの話を耳にするようになる。これは大間違いだ」

一本ずつマットスンはわたしの手を壁からはがし、背中にまわして手首に手錠をかけた。彼はわたしを縁石に停めていた自分たちの車に連れていった。

後部座席に座らされようとしたとき、共同住宅の住民のひとりが、犬にリードをつけて歩道を歩いてきて、その犬がわたしに吠えかかると、わたしの屈辱的な様子を黙って見つめた。わたしが顔をそむけると、マットスンがわたしの頭頂部に手を置いて、後部座席に押しこんだ。

HAMMOND

13

ハモンドは研究所の自分のワークステーションにいて、レンジから取りだしたばかりのゲル・トレイにニトロセルロースを広げていた。手首の内側で腕時計が振動するのを感じる。フラグのひとつだとわかっていた。警報を受け取ったのだ。

だが、この処理は中断できなかった。作業を継続し、次にゲル・トレイをペーパータオルで拭き、トレイ全体のゲルに均一な圧力がかかるようにした。払拭が終われば、この作業を中断できるとわかっていた。腕時計を確認し、ショートメッセージを読んだ。

やあ、ハンマー、ビールでもひっかけにいかないか？

これはマックスというコード名の携帯電話から発せられた偽装メッセージだった。

もちろん、マックスは存在していなかったが、たまたま手首の内側にはめているとはいえ、このメッセージがハモンドの腕時計に浮かび上がったのをだれかが目にしたとしても、疑わしいとは思わないだろう。メッセージが届いたのが午前三時十四分で、あらゆるバーが閉まっていたとはいえ。

ハモンドは自分のテーブルのところにいき、バックパックからノートパソコンを取りだした。ラボ内のほかのステーションを確認したが、こちらを見ている人間はだれもいなかった。

いずれにせよ、墓場シフトで働いているのはほかに三人の技師だけで、無人のステーションが彼ら全員をばらばらに隔てるようにしていた。予算の関係でこうなっていた。レイプ・キットや未解決殺人事件のDNA検査の待ち時間は、仮に数日ではなくとも数週間であるべきところ、数ヵ月になっていたが、市の予算担当者はラボの深夜シフトの予算をカットしてしまっていた。ハモンドはすぐにまた昼間のシフトで働くようになるだろうと期待していた。

ハモンドはノートパソコンをひらき、親指で認証をおこなった。監視ソフトにアクセスし、警報を表示させた。行動を監視している刑事のひとりが、逮捕をおこない、何者かを拘置したのがわかった。その刑事の逮捕報告書の提出が引き金になって警報を鳴らしたのだ。ハモンドのパートナーであるロジャー・ヴォーゲルがロス市警の内部ネットワークをハッキングし、この警報システムを設置していた。ヴォーゲルは達人クラスのスキルの持ち主だ。

ハモンドはほかの技師をチェックしてから、画面に視線を戻した。デイヴィッド・マットスン刑事が提出した報告書を呼びだす。マットスンはジャック・マカヴォイという名の男を逮捕し、ロス市警メトロ分署の拘置施設に収容していた。

ハモンドは逮捕の詳細を読み、バックパックに手を伸ばして、ジッパー付きの内ポケットに入れている携帯電話を取りだした。緊急連絡用の電話だ。

携帯電話の電源を入れ、それが起動するのを待つ。その間、逮捕報告書を閉じ、市の拘置システムのパブリックアクセス・ページに移動した。ジャック・マカヴォイという名前を入力すると、すぐにその男の逮捕写真が現れた。カメラを睨みつけているその男は、怒っていて、反抗的な表情を浮かべていた。左の頬の上部に傷痕があった。形成手術で簡単に消せそうな痕に見えた。だが、マカヴォイはそれを消さずに残している。ジャーナリストのなんらかの勲章かもしれない、とハモンドは思った。

携帯電話の用意が整った。ハモンドはそのメモリーに登録しているたったひとつの電話番号にかけた。

ヴォーゲルが眠そうな声で電話に出た。

「いい話だろうな」

「問題が生じたと思う」

「なんだと？」

「マットスンが今夜、ある男を逮捕した」

「それは問題じゃない。それはいいことだ」

「いや、殺人事件での逮捕じゃない。ジャーナリストだ。捜査妨害の容疑で逮捕された」

「そんなことでおれを起こしたのか？」

「そいつが今回の件に気づいた可能性があるということだ」

「そんなことありえるか？　警察はまったく――」

「勘と言うなら言うがいい――なんとでも言ってくれ」

ハモンドはふたたび逮捕写真を見た。怒りと決意。マカヴォイはなにか知っている。

「そいつを監視する必要があると思う」ハモンドは言った。

「わかった、わかった」ヴォーゲルは言った。「詳細をメールしてくれ。なにがあるのか見てみる。いつ起こったんだ？」

「警察はそいつをきのうの夜逮捕している。そっちに設定してもらったソフトでフラグが立ったんだ」

「うまく働いてくれてありがたい。あのな、これはおれたちにとっていいことになるかもしれない」

「どうして？」

「まだわからん。いくつか方法がある。おれに取り組ませてくれ。朝に会いたいか？昼間のうちに？」

「できん」

「クソ忌々しいヴァンパイアめ。寝すぎだ」

「いや、早くに出廷しないといけないんだ。きょう、証言するんだ」

「なんの事件で？　ひょっとしたらおれが見にいくかも」

「未解決事件だ。三十年まえに若い娘を殺した男がいる。そいつは凶器のナイフを捨てずに持っていた。洗えば大丈夫だと思って」

「ウスバカ野郎め。どこだ？」

「丘陵地帯の上で。マルホランドの展望台から女を投げ捨てたんだ」

「おれが訊いたのは、どの法廷かってことだ」

「ああ」

ハモンドは、自分でもそれをわかっていないことに気づいた。

「ちょっと待ってくれ」

ハモンドはバックパックに手を突っこみ、出廷通知を引っ張りだした。

「ダウンタウンの刑事裁判所だ。第一〇八号法廷。ライリー判事。そこに朝九時にいかなきゃならない」

「そうか、じゃあ、そこで会えるかもしれないな。その間、こちらはその記者を調べてみる。タイムズで働いているのか？」

「逮捕記録には書かれていなかった。職業はジャーナリストで、逮捕要約では、被害者の知り合いであるという事実を明らかにせずに証人にいやがらせをして捜査の妨害をした、と書いてあった」

「なんてこった、ハンマー、その肝腎な箇所を言わなかったじゃないか。そいつは被害者の知り合いだったのか？」

「そうだと書いてある。報告書には」

「わかった、調べてみる。もしかしたら朝法廷で会おう」

「わかった」

ヴォーゲルは電話を切った。ハモンドは自分の携帯電話を切り、バックパックに放りこんだ。その場に立って、あれこれ考える。

「ハンマー？」

ハモンドはすばやく振り向いた。カッサンドラ・ナッシュがそこに立っていた。ハモンドの上司だ。ハモンドが気づかないうちに自分のオフィスから出てきたのだ。

「あー、はい、なんでしょう？」

「あのバッチでどこまで進んだ？　ただそこに突っ立っているように見えるけど」

「いえ。あー、つまり、一息ついていただけです。払拭をしていて、ちょっと時間をおいてから、ハイブリダイゼーションをはじめる予定です」

「けっこう。じゃあ、シフトの終わるまえにそれが済むわね？」

「もちろん。かならず」

「午前中、出廷する用事があるのよね？」

「はい、そちらの準備もできています」

「けっこう。じゃあ、それは任せるわ」

「次の配置転換について、なにか聞いてますか？」

「わたしの知るかぎりじゃ、わたしたちはまだ第三シフトのまま。その件でなにかわかったら、わかったことを伝えましょう」

ハモンドはうなずき、ナッシュがほかの技師の様子を確認し、上司としての仕事をするのを見ていた。ハモンドはカッサンドラ・ナッシュが嫌いだった。彼女が上司だからではない。高慢で偽者だからだ。自分の金をデザイナーズブランドのハンドバッグや靴に惜しみなく使っていた。自分と自分のクソ袋の夫がシェフの腕を試しに出かけている高級レストランの話をしょっちゅうしていた。内心、ハモンドは彼女の名前をひとつにして、現金（キャッシュ）と呼んでいた。すべての女とおなじように金と持ち物があの女の行動の動機になっていると思っていたからだ。ク、ク、クソ女ども、ナッシュがほかの技師のひとりと話しているのを見ながら、ハモンドは思った。

ハモンドは用意をしていたゲルの作業に戻った。

14

午前九時にハモンドは刑事裁判所ビルの九階廊下にある大理石のベンチに座った。証言の時間が来るまでそこで待つようにと言われていた。ベンチに事件に関するメモと図表、エレベーター乗り場近くの軽食堂で買ったブラックコーヒーを置いた。コーヒーはひどい代物だった。よく飲んでいるブランドコーヒーとはちがっていた。墓場シフトでフルに八時間働いたあと、頭がぼうっとしていたので、ブラックコーヒーが必要だったが、このまずい飲み物を胃におさめるのに苦労しており、へたすれば証言席までつきまとう腹痛を起こしかねないと不安になった。ハモンドはそのコーヒーを飲むのをやめた。

九時二十分、やっとクレバー刑事が法廷から廊下に体半分だけ出して、ハモンドを手招いた。クレバーは事件の捜査責任者だった。

「すまん、陪審団を入れるまえに中立てがあり、審議していたんだ」クレバーは説明した。「だけど、用意が整った」

「わたしも整っています」ハモンドは言った。

ハモンドはこれまでに何度も証言をしており、いまやルーティンになっていた。自分が決め手（ハンマー）だとわかっている満足感を別にして。ハモンドの証言は、つねに取引を封印させ、証言席から、その瞬間をベストアングルで見ることができた——被告ですらハモンドの証言に得心し、その目から希望の光が消える瞬間だ。

ハモンドは証言席のまえに立ち、片手を上げ、真実を述べる宣誓をした。自分のファーストネームとラストネームのスペルを言うと——マーシャル・ハモンド——階段を上がり、ヴィンセント・ライリー判事と陪審団のあいだに置かれた証言席に腰を下ろした。ハモンドは陪審員たちを見て、笑みを浮かべると、最初の質問に答える用意をした。

検察官はゲインズ・ウォルシュという名前だった。ウォルシュはロス市警の未解決事件を多く担当しており、そのため以前に何度もウォルシュに直接訊問（じんもん）を受けて証言した。ハモンドは事実上、訊かれるまえから質問を知っていたが、ひとつひとつの質問が考慮を必要とする新しい質問であるかのようにふるまった。ハモンドは華奢（きゃしゃ）な体つきをしていた——成長の過程でスポーツをしたことは一度もない——教授めいたヤギひげを生やしており、その赤味を帯びたひげは、ダークブラウンの頭髪と対照的だった。肌は深夜勤務を一年近くつづけたせいで、紙のように白かった。電話でヴォーゲルがからかっていたのは、的を射ていた。陽の光の下で捕らえられたヴァンパイアのように見えた。

「ハモンドさん、あなたのご職業を陪審に説明していただけますか？」ウォルシュが訊ねた。

「わたしはDNA検査技師です」ハモンドは言った。「カリフォルニア州立大学ロサンジェルス校にあるロス市警バイオ科学捜査ラボに勤務しています」

「その仕事に就いてからどれくらい経ちますか？」

「ロス市警に勤めて二十一ヵ月です。そのまえは、オレンジ郡保安官事務所のバイオ科学捜査ラボに八年間勤めていました」

「陪審の紳士淑女にロス市警のラボでのあなたの業務について説明していただけますか？」

「わたしの責務は、DNA分析を必要とする科学捜査案件の処理をし、その分析の結論に基づく報告書を作成し、その結論について法廷で証言することなどです」

「DNAと遺伝学の分野でのあなたの学歴について、少し話していただけますか？」

「はい、わたしは南カリフォルニア大学で生化学の学士号を取得し、アーヴァインにあるカリフォルニア大学で遺伝学を専門にする生命科学の修士号を取得しています」

ウォルシュはどの裁判でもこの箇所になるとおこなっているように、偽の笑みを浮かべた。

「生命科学」ウォルシュは言った。「われわれ年輩の人間が昔、生物学と呼んでいたもののことですか？」

ハモンドはどの裁判でもこの箇所になるとおこなっているように、偽の笑みを浮かべた。

「はい、そうです」ハモンドは言った。

「DNAがなんなのか、それがなにをするのか、素人にもわかるように説明していただけますか？」ウォルシュは頼んだ。

「やってみます」ハモンドは答えた。「DNAはデオキシリボ核酸の略称です。これは二本の糸がたがいにからみあって、生物の遺伝子コードを伝える二重らせんを形成している分子です。コードというのは、生命体の発達のための指示という意味です。人間の場合、DNAはわれわれのすべての遺伝情報を含んでおり、それゆえにわれわれに関するあらゆることを決定しています。目の色から、脳の機能にいたるまで。すべての人間のＤＮＡの九十九パーセントは、同一です。残りの一パーセントと、そのなかでの無数の組み合わせが、われわれを完全に唯一無二のものにしているのです」

ハモンドは高校の生物教師のように回答した。ゆっくりと話し、畏敬の念をこめてその情報を歌うように伝えた。次にウォルシュがハモンドへの質問によって、自分の担当している事件の基本的な情報を手短に伝えた。その部分は決まり切ったもので、ハモンドは自動操縦をしているかのように回答し、何度か被告をチラッと見ることができた。実際に彼を目にしたのはそれがはじめてだった。五十九歳の配管工であるロバート・アール・ダイクスは、元婚約者のウィルマ・フォーネットを一九九〇年に殺害したとずっと疑われていた。彼女を刺殺し、死体をマルホランド・ドライブの外れにある丘の斜面から投げ捨てたのだ、と。いま、ダイクスはついに裁かれることになった。

ダイクスは弁護士から渡されたサイズの合わないスーツを着て、被告席に座っていた。天才的な質問を思いついた場合、隣の弁護人に渡せるように目のまえに黄色い法律用箋を置いていた。だが、ハモンドには、そこになにも書かれていないのが見えた。ハモンドがもたらそうとしているダメージを無効化できるような質問は、被告からも弁護人からも出てくるはずがないだろう。ハモンドは鉄槌（ハンマー）であり、それがいままさに下されようとしていた。

「これはあなたが血液とＤＮＡの検査をしたナイフですか？」ウォルシュが訊いた。

ウォルシュは刃をひらいた飛びだしナイフの入っている透明な証拠保管袋を手にしていた。

「はい、そうです」ハモンドは言った。

「このナイフがあなたのところに届いたいきさつを話してもらえますか？」

「はい、元の一九九〇年の捜査のときからこの事件の証拠として封印保管されてきました。クレバー刑事がこの事件の捜査を再開し、わたしのところに持ってきたんです」

「なぜあなたのところに？」

「ＤＮＡ部門に彼が持ってきたと言うべきでした。その検査をする番がわたしにまわってきたのです」

「このナイフにあなたはなにをしましたか？」

「わたしはパッケージをひらき、まず血液の有無を自分の目で、ついで拡大鏡を使って点検しました。ナイフには一見すると血が付いていないようでしたが、柄の部分にバネ仕掛けがあるのがわかり、工具痕跡部門のナイフ専門家に、ラボに来てこの武器を解体するよう頼みました」

「その専門家とは、だれですか？」

「ジェラルド・ラティスです」

「で、彼がナイフを分解してくれたんですね？」

「彼がナイフをバラバラにしてくれ、わたしはラボの拡大鏡でバネ仕掛けを調べました。バネのコイル部分に微量の乾いた血液と思われるものが付着しているのを確認しました。そして、ＤＮＡ抽出手順をはじめたのです」

ウォルシュはハモンドに科学的な回答をさせた。そこは退屈な技術的部分であり、陪審員たちの注意力が散漫になる危険があった。ウォルシュはＤＮＡ鑑定結果に陪審員たちが強い関心を抱くようにさせたくて、すばやく短い質問をして、すばやく短い回答を引きだした。

ナイフの出所はすでにクレバーによって証言されているはずだった。ナイフは最初に捜査でダイクスが訊問されたときに、彼から押収されたものだった。当初の刑事たちは古めかしい方法と道具を用いていたラボに血液の有無を調べさせ、血液は付着していないという報告を受けていた。被害者の妹に促され、クレバーが事件の再捜査を決めたとき、彼はナイフにあらたな目を向け、ＤＮＡラボに持ちこんだのだった。

ついにウォルシュは訊問のクライマックスに到達し、そこでハモンドは、飛びだしナイフの機構部のバネに付着した少量の血液から抽出したDNAが、被害者、ウィルマ・フォーネットのDNAと一致したという鑑定結果を明らかにした。

「ナイフに付着した物質から抽出されたDNAプロファイルは、検屍解剖で得られた被害者の血液から抽出されたDNAプロファイルと一致しました」ハモンドは言った。

「その一致度合いはどれほどなんですか？」ウォルシュが訊ねる。

「唯一無二の一致です。完璧な一致でした」

「その完璧な一致に関する統計があるかどうか、陪審にお伝えいただけますか？」

「はい、一致の評価をするために、われわれは地球の人口に基づいた統計を出します。今回の場合、被害者はアフリカ系アメリカ人でした。アフリカ系アメリカ人のデータベースでは、このDNAプロファイルが出てくる頻度は、血縁関係のない個人の場合、一京三千兆分の一です」

「一京三千兆分の一というのは、ゼロがいくつつくんでしょう？」

「13のうしろにゼロが十五個つきます」

「その頻度の意味をわかるようにする平易な方法はありますか？」

「はい。惑星地球の現在の人口は、ざっと七十億人です。その数は、一京三千兆と比べるとはるかに小さいです。つまり、ほかにそのＤＮＡを持つ可能性がある人間は、現在の地球に、あるいは過去百年間の地球にひとりもいないということです。今回の事件の被害者しか持ち得ないのです。ウィルマ・フォーネットだけです」

ハモンドはダイクスをチラッと見た。殺人犯は身じろぎもせずに座っており、視線を下に向けて、目のまえのなにも書かれていない黄色い紙を見つめていた。これがその瞬間だった。ハンマーが振り下ろされ、ダイクスは万事休すだとわかったのだ。

ハモンドは法廷劇で自分が演じた役に満足していた。自分はスター証人だった。だが、たいした犯罪ではないと思えるもので、あらたな男が犠牲になるのを見るのは、苦痛でもあった。ダイクスはやらねばならないことをやり、彼の元婚約者は自業自得である、とハモンドは確信していた。

反対訊問のため、まだ座っていなければならなかったが、自分の証言が完全無欠であることを相手側の刑事弁護士とおなじようにわかっていた。科学は嘘をつかない。科学はハンマーだった。

ハモンドは傍聴席を眺め、ひとりの女性がむせび泣いているのを目にした。三十年近くが経ってクレバーに再捜査を促した被害者の妹だった。

ハモンドはいまや彼女のヒーローだった。スーパーマンだった。胸に科学(サイエンス)のSの字を付けて、ハモンドは悪党を倒したのだ。彼女の涙を見ても心が動かされなかったのは、残念だった。彼女に、あるいはその長いあいだ抱えていた苦しみに、なんの共感も抱いていなかった。女たちの抱えている苦しみは自業自得だとハモンドは信じていた。

すると、泣いている女性の二列うしろにヴォーゲルがいるのを見た。気づかれぬうちに法廷に滑りこんでいたのだ。はるかに性質(たち)の悪い悪党が世の中には存在していることをハモンドは思いだした。百舌だ。そしてハモンドとヴォーゲルが築き上げてきたすべてが危険にさらされていることを思いだした。

15

　ハモンドが刑事弁護士からの弱々しい反対訊問に答え終わり、ようやく証人から解放されると、ヴォーゲルが廊下で待っていた。ヴォーゲルはハモンドと同い年だが、物腰は異なっていた。ハモンドは科学者で、正義の味方。ヴォーゲルはハッカーで、悪党だった。ヴォーゲルはクローゼットにデニムとTシャツしか持っていない男だった。それは、ふたりが大学のルームメイトだったころから変わっていなかった。

「よくやった、ハンマー！」ヴォーゲルが言った。「あいつはおしまいだ」

「大きな声を出すな」ハモンドは注意した。「ここでなにをしてるんだ」

「おまえの活躍を見たかったんだ」

「嘘つけ」

「オーケイ、ついてきな」

「どこへ？」

「この建物を出さえしないぞ」

ハモンドはヴォーゲルのあとを追って、廊下を通り、エレベーター乗り場へ着いた。ヴォーゲルは下りボタンを押し、ハモンドのほうを向いた。

「あいつがここにいる」ヴォーゲルは言った。

「だれがここにいるって？」ハモンドは訊いた。

「あの男だよ。記者だ」

「マカヴォイが？　あいつがここにいるとはどういう意味だ？」

「罪状認否手続きを受けるんだ。見逃していなければいいんだが」

ふたりはエレベーターで三階に降り、アダム・クロワー判事が裁判長を務める広くて忙しい罪状認否法廷に入った。傍聴席の混み合ったベンチに腰を下ろす。ハモンドは自分が一端を担っている司法制度のこの部分を見たことが一度もなかった。そこかしこに弁護士が立ったり座ったりして、自分たちの依頼人の名前が呼ばれるのを待っている。被告が一度に八人連れてこられる木とガラスでできた囲いがあり、狭い窓越しに弁護士と相談したり、事件の呼びだしがあれば判事と話したりしていた。秩序だった混沌（こんとん）のようだった。選択の余地がないか、この場にいるために金を支払われていないかぎりいたくない場だ。

「おれたちはなにをするんだ？」ハモンドが小声で訊いた。

「マカヴォイが罪状認否手続きを受けたかどうか、確認するんだ」ヴォーゲルが小声で返事した。

「どうやったらわかる？」

「連れてこられる連中を見るだけさ。たぶん、見たらわかるだろう」

「わかった、だけど、なんのために？　そいつをさがす理由がわからない」

「なぜなら、やつが必要になるかもしれないからだ」

「どういうふうに？」

「知ってのとおり、市警のオンライン事件アーカイブにマットスン刑事が事件に関する報告書を提出した。おれは見てみた。おまえの言うとおりだ、あの記者はポルトレロを知っていた。被害者を。刑事たちはマカヴォイに事情聴取し、マカヴォイは自分が犯人ではないことを証明するため、自発的に自分のＤＮＡを提供した」

「それで？」ハモンドが訊いた。

「それで、そのＤＮＡはおまえのラボのどこかにある。そしておまえはなにをすればいいのかわかっている」

「いったいなんの話をしてるんだ？」

ハモンドは声が大きくなりすぎているのに気づいた。目のまえのベンチに座っていた人々が振り返った。ヴォーゲルがほのめかしているのは、自分たちがいままでに考えすらしないことだった。

「まず第一に」ハモンドは小声で言った。「おれに検査が割り当てられなかったら、近づくことさえできない——オレンジ郡とは手続きが異なっているんだ。第二に、おれたちはやつが百舌でないことを知っている。けっして無実の男に罪を着せるつもりはない」

「おいおい、オレンジ郡でおまえがやったことと大差ないだろ？」ヴォーゲルが囁き返した。

「なんだと？　まったくちがうぞ。おれは犯罪ですらないはずのことのせいで人が刑務所にいくのを防いでいたんだ。おれはあの男を刑務所に送らなかった。それにいまここで話しているのは殺人事件なんだぞ」

「法の観点から見りゃ、犯罪だったよ」

「ひとりの無実の者を苦しめるより、百人の有罪の者を逃したほうがましだ、という諺（ことわざ）を聞いたことがないのか？　ベンジャミン・くそったれ・フランクリンだ」

「どうだっていい。おれが言わんとしているのは、こいつを利用して、時間を稼げるということだ。百舌を見つける時間を稼げる」

「見つけたらどうするんだ？　気にするな、DNAはおれがでっち上げた、と言うのか？　おまえにはそれでいいかもしれないが、おれは違う。全部シャットダウンしなきゃならん。すべてをだ。いますぐ」

「まだだ。あいつを見つけるため、まだあけておかねばならん」

ハモンドの胸のなかで大きくなりつつあった恐怖がいまや満開になった。自分の憎しみと欲望がこんな事態を招いたのだとハモンドはわかっていた。どこにも出口が見えない悪夢だった。

「おい」ヴォーゲルが囁いた。「あいつだと思う」

ヴォーゲルは法廷の正面にある柵にこっそりあごを向けた。

逮捕者の新しい列が廷吏の保安官助手に率いられて、なかに入ってきた。ハモンドは三番目の男が、夜明け前に目にした逮捕写真の男に似ていると思った。あの記者のようだった。ジャック・マカヴォイだ。拘置所で一晩過ごしたことでくたびれ、消耗しているようだった。

JACK

16

法廷は刑事司法制度の混み合った入り口だった。法的機構の吸いこみ口に吸いこまれた人々がはじめて判事のまえに立ち、自分たちに対する起訴内容を読み上げられる場だった。そののち、彼らの最初の裁判日程が決定される。仮に有罪判決が下らず、投獄されずとも、少なくとも屈服を強いられ、血を流すことになるであろう泥道を通る、長く曲がりくねった道のりの第一歩だ。

ビル・マーチャンドが法廷の手すりに沿って並んでいる座席のひとつから立ち上がり、わたしに向かって近づいてこようとするのを見た。昨夜は一睡もせず、雑居房で拳を握りしめるように体を硬くして、恐怖に怯えていたせいで、体じゅうの筋肉という筋肉が痛かった。以前に拘置施設に収容されていたことがあり、危険がどこからでも飛んできかねないのはわかっていた。男たちがおのれの人生や世界に裏切られたと感じる場所であり、それによって彼らが自棄(やけ)になり、危険な存在になり、弱そうに見える人間や物を攻撃しがちな場所だった。

　マーチャンドが話をするためのスロットにたどり着くと、わたしはこの世でもっとも切実な九文字を口にした。

「ここから出してくれ」

　弁護士はうなずいた。

「その予定だ」マーチャンドは言った。「すでに検事と話をしており、刑事たちが蹴飛ばした蜂の巣を説明した。検事はこの件を不起訴にするだろう。遅くとも二時間後にはここから出せるだろう」

「地区検事は不起訴にするのか？」わたしは訊いた。

「実際には地区検事じゃなく、市検事だ。これが軽罪での逮捕だからだ。だけど、先方にはなにも裏付けるものがない。きみは修正第一条の保護を受けて自分の仕事をしていた。マイロンは、戦いの準備を整えている。わたしは検事に言ってやったよ、その罪状でこの記者に認否を問うつもりなら、あそこにいるあの男が一時間以内に裁判所のまえで記者会見をひらくぞ、と。それはあんたの検事局が望んでいる記者会見にはならないだろう、と」

「いまマイロンはどこにいるんだ？」

わたしは混み合っている傍聴席に目を走らせた。マイロンの姿は見えなかったが、動きが目に留まり、何者かがなにかを拾おうとして屈んだかのようにほかの人間の背後に身を沈めたのを見た気がした。その男は元の姿勢に戻るとわたしを見て、目のまえに座っている男のうしろに移動した。男は禿げかけていて、眼鏡をかけていた。マイロンではなかった。

「マイロンはどこかにいる」マーチャンドが言った。

その瞬間、クロワー判事がわたしの事件を呼び、自分の名前が耳に入った。マーチャンドは法壇を向いて、自分が被告側の弁護人であることを名乗りでた。混み合った検察側テーブルからひとりの女性が立ち上がり、市検事補のジョスリン・ローズだと名乗った。

「閣下、この場で不起訴の申し出をします」

「本気かね?」クロワー判事が訊いた。

「はい、閣下」

「けっこう。本件は棄却された。マカヴォイさん、あなたは自由の身です」

ただし、わたしは自由の身にならなかった。郡拘置所にバスで送り返されるのを二時間待ってやっと自由の身になった。郡拘置所でわたしの所持品が返却され、釈放手続きが取られた。午前中一杯かかり、わたしは拘置所で朝食と昼食を食いそびれた。家に帰る足の便がなかった。

だが、拘置所の出口を出ると、マイロン・レヴィンが待ってくれているのに気づいた。

「すまん、マイロン。どれくらい待たせた？」

「かまわんよ。携帯電話があるから。大丈夫か？」

「いまは大丈夫だ」

「腹が空いてるだろ？　それとも家に帰りたいか？」

「両方だ。だけど、飢え死にしそうだ」

「食べにいこう」

「迎えに来てくれてありがとう、マイロン」

なるべく早く食事を取るため、われわれはチャイナタウンにいき、〈リトル・ジュエル〉でポーボーイ・サンドイッチを注文した。テーブルを確保すると、サンドイッチが作られるまで待った。

「で、なにをするつもりだ？」わたしは訊いた。

「なにについて？」マイロンが訊く。

「ロス市警の悪質な修正第一条違反について。マットスンはこんなひどいことをして逃げおおせるはずがない。いずれにせよ、記者会見をひらいてくれ。タイムズが飛びついてくる、と賭けていい。ニューヨーク・タイムズが、という意味だ」

「そんな単純なことじゃない」

「とても単純だ。おれは記事の取材をしていた。マットスンはそれが気に入らなかった。だから、おれを誤認逮捕したんだ。修正第一条だけでなく、第四条にも違反している。おれを拘置する相当の理由を連中は持っていなかった。おれは自分の仕事をしていただけだ」

「それは重々承知しているが、不起訴になり、きみは取材に戻った。なんの害もなく、なんの反則もない」

「なんだって？　おれは一晩拘置所で過ごしたんだぞ。一晩じゅう目をあけたまま部屋の隅に縮こまって」

「だが、なにも起こらなかった。きみは無事だ」

「いや、無事じゃないんだ、マイロン。いつかやってみるといい」

「いいか、起こったことは気の毒に思うが、受け入れて、これ以上ことを荒立てず、取材に戻るべきだと思う。そう言えば、エミリーからメールが届いた。ＵＣアーヴァイン校からいい情報を手に入れたそうだ」

　わたしはテーブル越しにマイロンをじっと見つめ、相手の考えを読もうとした。

「話をそらさないでくれ」わたしは言った。「ほんとはなんなんだ？　資金提供者がらみか？」

「いや、ジャック、まえにも言ったようにこの件に資金提供者はなんの関係もない」マイロンは言った。「大手煙草会社や自動車産業に口出しされるより、資金提供者に自分たちのやっていることや報道していることをとやかく言われるほうがいやなんだ」

「だったら、なぜこの件で手を拱いているんだ？　あのマットスンという野郎はみっちり油を搾られるべきだ」

「わかった、真実を知りたいのなら話すが、この件で騒ぎ立てれば、こちらに跳ね返ってくる可能性があると思っている」

「なぜそんなことが起こる？」

「なぜならきみのせいだ。そしてわたしのせいでもある。きみはそうではないとわかるまでこの事件の容疑者だ。そしてわたしはきみをこの件に携わらせずにおくべきときにそうしなかった編集長だ。もしわれわれが戦いに打って出ると、そうしたことがみんな跳ね返ってきて、形勢不利になりかねないんだ、ジャック」

わたしは椅子に背をもたせかけ、首を振り、無力な抗議をした。マイロンの言うとおりだとわかっていた。

ひょっとしたらマットスンは、こちらが危うい立場にいるので、ああいうことをできるとわかっていたのかもしれない。

「クソ」わたしは言った。

マイロンの名前が呼ばれた。ここの昼食は彼の奢りだったからだ。マイロンは立ち上がり、われわれのサンドイッチを受け取りに向かった。彼が戻ってくると、わたしは腹が空きすぎていて、この問題の話をつづけられなかった。食べなければならなかった。次の一言を口にするまえにポーボーイを半分がた食べ終えていた。そのころには、怒りのなかにあった飢餓感の尖りがなくなり、ロス市警と憲法違反を巡る戦いをしたいという望みは薄れていた。

「ここまでわれわれは来てしまったんだという気がする」わたしは言った。「フェイクニュースや、人民の敵、ワシントン・ポストとニューヨーク・タイムズの購読を取りやめる大統領。記者を投獄するのをなんとも思っていないロス市警。どの時点でわれわれは声を上げるんだ？」

「まあ、いまはそのときではないだろう」マイロンは言った。「もし声を上げるとするなら、自分たちが百パーセント、クリーンなときにやらなければならない。そうすれば、ジャーナリストが投獄されるのを見るのが大好きな警察あるいは政治家からの反撃はないだろう」

わたしは首を振り、この議論をやめた。勝てないし、実際には、ロス市警と戦いたい気持ちよりも取材に戻りたい気持ちのほうが大きかった。

「わかった、畜生」わたしは言った。「エミリーはなにを手に入れたと言ってきたんだ？」

「具体的には言ってきてない」マイロンが答える。「いい情報を手に入れたので、オフィスにいく、とだけ伝えてきた。ここの食事が済んだら、彼女とミーティングをしようと思うんだ」

「まずうちのアパートまで送ってくれないか？　車がそこにあるし、なにかするまえにシャワーを浴びたいんだ」

「わかった」

わたしの携帯電話と財布とキー類は逮捕手続きの際に押収されていた。

拘置所を出る際にそれらが返却されたとき、わたしは急いでポケットに突っこんだ。一刻も早くそこから出たかったからだ。ウッドマン・アヴェニューの共同住宅のまえでマイロンに降ろしてもらったとき、キー・チェーンをもっと注意して確認すればよかったと明らかになった。玄関ゲートの鍵は、ジープの鍵や車庫のロッカーの鍵、自転車の錠の鍵と同様、リングにはまっていた。だが、住戸の鍵がなくなっていた。

住みこみの管理人を昼食後の昼寝から起こし、管理用の予備の鍵を借りてようやく自分の部屋に入れた。

いったんなかに入ると、キッチンカウンターに捜索令状の受け証が置かれているのに気づいた。昨晩、拘置房にわたしがいるあいだにマットスンとサカイはわたしの部屋を家宅捜索していた。捜索をおこなう相当の理由の一部としてでっち上げの捜査妨害事件を利用した可能性が大きかった。たぶん最初からそれが彼らの目的だったんだろう、とわたしは悟った。訴えが棄却されるのはわかっていたが、それを利用してわたしの部屋に入るため判事にかけあったのだ。

たちまち怒りが戻ってきて、わたしは彼らの行動をわたしの権利に対する直接の攻撃とみなした。携帯電話を取りだし、ロス市警の強盗殺人課にかけ、マットスンを呼びだした。電話は転送された。

「マットスン刑事です、ご用件はなんですか？」

「マットスン、おれがおまえよりまえにこの事件を解決することのないよう願ったほうがいいぞ。なぜならそうなったら、面目丸つぶれだからな」

「マカヴォイか？　釈放されたと聞いたぞ。なぜそんなに怒っているんだ？」

「なぜなら、おまえがやったことがわかっているからだ。おれの部屋を捜索するためにおれを逮捕したんだろ。この事件でまだなにもつかんでいないので、おれがつかんでいるものを見たかったからだ」

捜索令状の受け証を見ていると、押収したものをなにひとつリストアップしていないのに気づいた。

「鍵を返してもらいたい」わたしは言った。「それにここから取っていったものをすべて」

「われわれはなにも取っちゃいないぜ」マットスンは言った。「それからあんたの鍵はここにある。いつでも取りに来てくれ、大歓迎だ」

わたしはふいに凍りついた。自分のノートパソコンがどこにあるのか、定かではなかった。マットスンはそれも取っていったのか？　わたしは昨晩のことを急いで思い返し、郵便受けを確認するため正面の縁石に向かおうとして、ジープにバックパックを残したことを思いだした。そこでマットスンとサカイに捕捉されたのだ。

わたしは捜索令状の受け証をつかんで、自宅と車の捜索が許可されているかどうか急いで確かめた。わたしのノートパソコンは指紋とパスワード認証でプロテクトされていたが、マットスンがサイバー部門にいって、だれかにハッキングさせてパソコンのなかに入れるようにするのは容易だろうと推測する。

もしマットスンがわたしのノートパソコンに侵入したら、わたしが取材した内容すべてをつかみ、捜査について知り得たすべてを知ってしまうだろう。

捜索令状は共同住宅の住戸の捜索だけを許可していた。車のなかに第二の捜索令状が待ち受けているかどうかは、三十秒もしたらわかる。

「マカヴォイ、聞いているか？」

わたしはわざわざ返事をしなかった。その通話を切り、ドアに向かった。コンクリートの階段を下って、車庫にいき、急いでジープに向かった。

バックパックは昨晩そこに置いたのを覚えているそのままに助手席にあった。そのバックパックを持って、部屋に戻り、中身をキッチンカウンターの上にあけた。ノートパソコンはそこにあり、マットスンはそれに、あるいは事件のメモにたどり着かなかったように見えた。バックパックの中身のほかのものもおなじように手つかずに見えた。

　仕事と電子メールが警察に探られずに済んだことから来る安堵感が疲労の波とともにやってきた。拘置所で一睡もせず過ごした夜のせいであることは間違いなかった。カウチに寝そべり、半時間ほど仮眠してから、オフィスに向かい、マイロンとエミリーに会うことにした。タイマーをセットし、数分もしないうちに眠っていた。意識のあるうちに最後に思ったのは、この日の朝、裁判所にバスで運ばれる際にいっしょにいた男たちのことだった。彼らはみな、目をつむるだけで、無防備になってしまうそれぞれの舎房に戻っている可能性が高かった。

17

目を覚ますと自分がどこにいるのかわからなかった。外から聞こえてきた落ち葉飛ばし機（リーフ・ブロワー）の音に深い眠りから覚めた。携帯電話で時間を確認しようとしたが、携帯は死んでいた。一晩拘置所の保管室で充電器に接続されずに過ごしたせいだ。予定していた三十分を寝過ごしてしまったのにちがいない。いつもは携帯電話で時間を確認していたので腕時計は身につけていなかった。起き上がり、よろよろとキチネットに入ると、電子レンジが四時十七分を示しているのを見た。二時間以上意識を失っていたのだ。

携帯電話を電源につなぎ、画面が表示されるまで充電されるのを待たねばならなかった。そののち、マイロンとエミリーにグループメールを送って、遅れることを説明した。

会うには遅くなりすぎてはいないかと訊ねたところ、すぐに回答があった——オフ、ィスに来てくれ。

二十五分後、われわれは会った。

エミリーがマイロンにあらかじめ送っていたメールは、正しかった。彼女はＵＣアーヴァイン校でのウイリアム・オートンについて、いい情報を手に入れていた。われわれはフェアウォーニングの会議室に集まり、エミリーが見つけたものを説明した。

「まず第一に、いまから話すことはすべてオフレコで手に入れたものであるということ」エミリーは言った。「利用したいなら、独自の検証が必要よ――もし情報源を見つけられるなら、それはアナハイム市警にいると思っている」

「大学でのきみの情報源の信頼度はどれくらいなんだ？」マイロンが訊いた。

「彼女はいまでは副学部長です」エミリーは言った。「ですが、四年まえ、今回の件が起こったときには、タイトルⅨ（ナイン）班のコーディネーターのアシスタントでした。タイトルⅨがなんなのか、知ってるわね、ジャック？」

「ああ」わたしは言った。「連邦政府から資金援助を受けているすべての学校に適用されている性暴力とハラスメントの禁止を定めた規則だ」

「そのとおり」エミリーは言った。「で、わたしの情報源がオフレコでこっそり話してくれたのは、ウイリアム・オートンは複数の学生への虐待を疑われていたけれども、その悪行の証拠を押さえることができなかったということ。被害者たちは脅迫され、証人たちは証言を翻した。匿名の証人(ジェーン・ドウ)が現れるまで、オートンに対する確たる証拠が手に入らなかったの」

「ジェーン・ドウ?」わたしは訊いた。

「彼女は学生だったの――生物学の修士課程――オートンの授業を受け、アナハイムのバーで偶然出会ったあと、デートレイプドラッグを飲まされ、レイプされたと主張した。モーテルの部屋で裸になっている状態で目を覚まし、最後に覚えているのは、オートンといっしょに酒を飲んだことだった」

「なんて卑劣漢だ」マイロンが言った。

「それを言うならなんて犯罪者だ」エミリーが言った。

「それもある」マイロンは言った。「なにがあったんだ? ジェーン・ドウは心変わりしたのか?」

「いえ、まったく」エミリーは言った。「彼女はしっかりした意思を持っていました。それに賢くもあった。その夜に警察に連絡し、レイプ・キットで調べてもらい、採血もしたんです。オートンは暴行の際、コンドームを使っていましたが、被害女性の乳首から唾液を採取したんです。警察は彼に対して確実な証拠を固めようとしていました。ジェーンの薬物検査では、フルニトラゼパムが検出されたんです。ロヒプノールという名のほうでよく知られているデートレイプドラッグです。被害者という確実な証人がいて、起訴になんの問題もなかった。ＤＮＡ検査の結果を待つだけだったんです」

「なにがあったんだ？」わたしが訊いた。

「ＤＮＡ型鑑定は、オレンジ郡保安官事務所のラボでおこなわれたの」エミリーは言った。「唾液のＤＮＡ型は、オートンのＤＮＡ型と一致しなかった」

「冗談だろ」マイロンが言った。

「冗談だといいんですけど」エミリーが言う。「それで事件は終わりでした。それによってジェーンの証言に疑念が投げかけられたんです。事情聴取の際に彼女は六日間、ほかの男といっしょにいたことはない、と証言していたために。現地の地区検事局の捜査員が、ジェーン・ドウが関係していた過去のセックス・パートナーたちを何人も洗いだしました。その結果、検事局は立件を諦めたんです。直接的なＤＮＡの結びつきがなければ、彼らは触れようとしないものです」

ジェイスン・ファンがＤＲＤ４遺伝子について言っていたことをわたしは思いだした。オレンジ郡の地区検事局は、ジェーン・ドウを尻軽女とみなし、それゆえに公判を維持できるほど信用をおけないと判断したのだ。

「偶然の出会いと言っていたが」わたしは言った。「それ以上の情報はなかったのか？　どうやって偶然の出会いだとわかったんだろう？」

「それは訊いてみなかった」エミリーが答えた。「たんに偶然だと言ってたな。ふたりは一軒のバーでたまたま出会った」

「唾液のDNAはほかのだれかと一致したのかい？」わたしは訊いた。

「未知のドナーと」エミリーは言った。「当時、オートンがDNAの研究者であることから、一致しないよう、どうにかして自身のDNAを変えたという噂が広まっていた」

「SFみたいだな」マイロンが言った。

「そうですね」と、エミリー。「わたしの情報源によると、保安官事務所のラボで二度目の検査をおこなったものの、またしても否定的な結果が出たということでした」

「証拠改竄についてはどうなんだ？」マイロンが訊いた。

「それは示唆されていましたが、保安官事務所はラボの肩を持ちました」エミリーは言った。「証拠の無謬性に問題があるという可能性が生じれば、証拠分析を当該ラボに頼っておこなわれたすべての有罪判決が危うくなるでしょう。彼らはその道を進まなかったんです」

「そしてオートンは大手を振って立ち去った」わたしは言った。

「ある程度はね」エミリーは言った。「刑事事件にはならなかったけど、ＤＮＡが一致しなかったにせよ、ジェーン・ドウの揺るがぬ主張のせいで、大学としては職員行動規範に基づいてオートンを追及するには充分な煙が上がっていたの。大学に付託されているのは犯罪追及ではなかった。大学は学校にいるほかの学生を守る必要があった。それで、オートンの退任を静かに交渉した。オートンは年金を維持し、すべてに沈黙の覆いが被せられた」

「で、ジェーン・ドウはどうなったんだ？」わたしは訊いた。

「そこはわたしにはわからない」エミリーは言った。「アナハイム市警のだれと交渉したのか情報源に訊いてみたんだけど、事件を担当した刑事は、刑事として完璧な名前を持っていた、としか覚えていなかったの――ディグ（執拗に調べるの意）という名だったと」

「ファーストネームそれともラストネーム？」わたしは訊いた。

「ファーストネームだと言ってた」エミリーは言った。「その刑事はラテン系だという話だったので、ファーストネームはジゴベルトとか、そのバリエーションでしょうね。突き止めるのはそんなに難しくないわね」

　わたしはうなずいた。

「で」マイロンが言った。「オートンはUCアーヴァイン校からの退職を促され、のちに民間研究所を開設した。易々と逃れた」

「そうです」エミリーが言った。「ですが、わたしの情報源の話では、大学当局の最大の関心事はオートンを大学から追いだすことだったそうです」

「DNAを改変するという噂についてはどうなんだ？」わたしが訊いた。「そんなことは可能なのか？」

「あなたがやってくるのを待っているあいだに少し調べてみた」エミリーが言った。「遺伝子改変技術は日々進んでいるけど、遺伝子コード全体を改変できるという段階には至っていない――そしてこの事件が起こった四年まえには当然むりだった。ジェーン・ドウの事件で起こったことは謎。わたしの情報源によれば、ジェーン・ドウは弁護士を雇い、オートンと大学を訴える準備をしていたそうよ。その弁護士の事務所は検体に独自の検査をおこなったんですが、おなじ結果が出ました。訴えは起こらなかったの」

　われわれ三人とも一瞬黙りこみ、やがてマイロンが口をひらいた。

「で、次の手は？」マイロンは訊いた。

これはわたしの記事であり、それを守りたい気持ちはあったが、エミリー・アトウォーターが大きく前進させてくれたことは認めざるをえなかった。

「そうね、ひとつ覚えておかなきゃならないのは、ウイリアム・オートンは怪しい人物だけど、ジャックが追いかけているものはオートンには触れていないということ――まだ」エミリーが言った。「さらなる取材が必要ですが、現在の状況を見てみましょう。わたしたちの知っている四人の被害者は、GT23社の参加者でした。彼女たちのDNAがオートンの研究所に研究目的として売られた可能性はありますが、まだ証明されていません。今回、オートンが性的捕食者であると思しきことが付け加わり、ますます面白くなってきました。だけど、これとあれを結びつける具体的なものはなにも手に入っていません」

「そのとおりだ」マイロンが言った。「もっと強いつながりがないと、どこまでいけるかわからない」

マイロンはわたしを見た。わたしはそれをいい兆候だと受け取った。まだわたしの記事であり、マイロンはわたしの意見を聞きたがっている。

「網を投じる必要があると思う」わたしは言った。「なにが引っかかるのか見てみないと。やるべきことはオレンジ・ナノ研究所のなかに入り、オートンと話をしてみることだと思う。ひょっとしたら、直接接触することで、どういう人間なのか感触がつかめるかもしれない。どうすればできるのかわからないけれど。電話をかけて、四人の女性の殺人事件を調べているんだ、と言うべきではないと思う。別の手立てが要る」

「わたしもそれを考えていた」エミリーが言った。「繰り返すようだけど、きょう、ジャックを待っているあいだにオートンの情報をさがしまわり、オートンの名前がレックスフォード・コーポレーションの年次報告書に載っているのを見つけたの。オートンはその会社の取締役なの」

「レックスフォードはなんの会社なんだ?」わたしは訊いた。

「主に男性向けヘア製品を扱っているの」エミリーは言った。「とくにアロピーシャ——脱毛症に重点を置いている。男女ともに増加傾向にあり、五年以内に四十億ドル規模の産業になると予想されている」

「オートンはそれを治そうとしているんだ」わたしは言った。

「わたしの推測もそう」エミリーは言った。「もし脱毛症を治療する、あるいは少なくとも進行を鈍化できる遺伝子治療を発見あるいは創造できるなら、どれほどの価値になるか考えてみて。オートンがレックスフォード社の役員になっているのは、その会社がオートンの研究に資金を提供しているからであり、そこがわたしたちの突破口になりうる」

「抜け毛を調べているんだと話すのか？」わたしは訊いた。

「資金の流れを追っていることにする」エミリーは言った。「毎年、何十億ドルも費やされているのに、治療法はできていない――いまのところはまだ。消費者の観点から入っていくの――そうした治療法のうちどれほどが価値のないものなのか、そして遺伝子治療の現在はどうなっているのか、と。オートンの自尊心に働きかけ、もし成功をなし遂げそうな人間がいるとしたら、それはあなただと伺ったんです、と伝える」

　いい計画だった。それをまず思いついたのが自分だったらと思うと残念でならないとはいえ。わたしはなにも言わず、マイロンがわたしを見た。

「どう思う、ジャック？」マイロンが訊いた。

「そうだな、その脱毛症研究は初耳だ」わたしは言った。「ジェイスン・ファンの話だと、オートンは依存症と危険行動を研究しているということだった。禿げるのはそのどちらにも関係していない――おれの知るかぎりでは」

「こういう研究者の仕事の仕方がそうなの」エミリーは言った。「彼らはある領域で大手製薬会社の予算を受けて研究することで、ほかの研究への資金を出してもらう。自分たちの興味がほんとうにある研究のための。レックスフォード社は、彼らが望む研究のお金を出しているけれど、オートンが望んでいる研究の資金も出している」

わたしはうなずいた。

「なら、いい考えだと思う」わたしは言った。「それでなかに入っていけるだろう。まずレックスフォード社を通すのがいいかもしれない。広報の人間に手配をさせ、オートンにノーと言わせにくくする——もしなにか後ろめたいことがオートンにある場合に」

「それはいい考えだわ」エミリーが言った。「わたしが——」

「あしたの朝一番におれが電話を入れよう」わたしは言った。「手配をさせてみよう」

「インタビューには、きみたちふたりでいくと伝えてくれ」マイロンが言った。

「どういう意味だ?」

「きみたちふたりでそこにいってもらいたい」マイロンは言った。

「ひとりで対処できる」わたしは言った。

「できるのはわかってる」と、マイロン。「だが、セキュリティ上の理由から、ふたりにいってもらいたいんだ。エミリー、きみはキヤノンを持っていき、写真を撮ってもらいたい」

「わたしはカメラマンじゃありません」エミリーは抗議をした。

「カメラを持っていってくれればいい」マイロンは言った。

「アナハイム市警はどうします？」エミリーが訊く。「そこもタッグチームでいかせたいんですか？」

「おれはあしたそこへいくつもりだったんだ」わたしは言った。「ディグ刑事をさがすつもりでいた」

エミリーはなにも言わなかった。抗議が来るものと思っていた。それは自分がつかんだネタであると主張して。だが、彼女は抗議をしなかった。

「わかった、いい、きみがいけ、ジャック」マイロンが言った。「だが、いいか、この仕事を競争にしたくない。協力して取材しろ。この記事にスタッフの半分を割いているんだ。時間を無駄にできん。なにかあるなら、それを見つけろ。ないのなら、放りだして、次の記事に向かってくれ」

「わかりました」エミリーが言った。

「了解」わたしは言った。

そのあと散会になり、われわれはそれぞれのワークステーションに戻った。

最初にわたしがしたのは、アナハイム市警に連絡し、ディグに関する情報を手に入れようとすることだった。これは容易な結果になった。刑事部につないでもらうよう頼み、電話に出た女性に、「ディグと話せますか？」と訊いた。

「あいにく、ルイス刑事はきょうはオフなんです。ご用件をお伝えしましょうか？」

「いえ、けっこうです。あしたは来てますか？」

「その予定ですが、終日、法廷に出る予定です。ご用件をお伝えしましょうか？」

「いえ、裁判所で会えるでしょう。あのレイプ事件で？」

これはルイスがジェーン・ドウ／オートン事件を担当していたことから来る根拠に基づいた推測だった。

「ええ、アイゼイア・ギャンブル。だれからの電話があったとルイス刑事に伝えればいいですか？」

「それは大丈夫です。あした裁判所で会えるでしょうから。ありがとうございます」

電話を切り、わたしはオレンジ郡検事局のウェブサイトをひらき、検索窓にアイゼイア・ギャンブルの名前を打ちこんだ。それによって事件の概要——誘拐と強姦——とサンタアナの裁判所でその裁判に割り当てられた法廷がわかった。あすの朝、そこにいけばいいだろう。

手帳にその情報を書き留めていると、レイチェル・ウォリングからショートメッセージが届いて、作業を中断させられた。

今夜、飲みにいかない？

突然の誘いだった。一年以上ぶりにアポなしで立ち寄った翌日に、一杯飲みたいという。すぐに返事をした。

いいとも。どこで？　何時に？

待ってみたが、すぐには返事が来なかった。帰り支度をはじめ、翌日オレンジ郡で必要になるかもしれないものを全部バックパックに押しこんだ。立ち上がり、出ていこうとしたそのとき、レイチェルから返信が届いた。

あたしはいまヴァレーにいる。いますぐでも、あとでも、会える。クリスティナにあなたが会った場所ではどう？　そこを見てみたいの。

わたしは携帯電話の画面をまじまじと見つめた。レイチェルが言っているのが〈ミストラル〉だとわかっていた。それは少し不気味に思えたが、ひょっとしたらたんなる一杯飲む以上のことがこの待ち合わせにはあるのかもしれない。

もしかしたらわたしからの提案について、レイチェルは考えが変わったのかもしれない。

わたしは店名と住所を返信し、いまから向かうと伝えた。

わたしは出ていく途中でエミリー・アトウオーターのワークステーションのそばを通りかかった。エミリーは画面から顔を起こした。

「ディグを突き止めた」わたしは言った。「ラストネームは、ルイスだ。別の事件であす法廷に出る予定だ」

「それは好都合ね」エミリーは言った。「そこで捕まえられるはず」

「ああ、おれもそう思っている。それから、いやなやつに見えたなら、謝りたかった」

「いいえ、あなたはいやなやつじゃない。あなたのネタだったんですもの。わかってる」

わたしはうなずいた。

「わかってくれてありがとう」わたしは言った。「で、おれといっしょにルイスを見つけにいきたいのなら、それはかまわない。きみの手がかりだったんだから」

「いいえ、わたしはここに残るのでいい」エミリーは言った。「あなたがそれをしているあいだに連邦政府機関を通してなにが手に入るか試してみることを考えていたの。まずFDAからはじめる」

「あそこはこの件でなにもしないだろう」わたしは言った。「あそこはまだ〝検討中〟の段階だ」

「ええ、だけど、それを記録に残し、なぜそうなのか、いつ変わるのかを訊いてみる必要がある。政府は立ち後れている。そこも記事の大きな部分になる」

「なるほど」

「じゃあ、わたしはそれをやるので、あなたはオレンジ郡に向かって」

「レックスフォード社の広報を通して、オートンになにか仕掛けてみる。連絡するよ」

エミリーは笑みを浮かべた。どういうわけかその笑顔を見て、自分がまだいろんなことでいやなやつであると思った。

「じゃあ、われわれは良好な関係だよな？」わたしは訊いた。

「もちろん」エミリーは言った。「あしたどうなるか見てみましょう」

わたしはうなずき、出ていこうとして背を向けたところにエミリーが声をかけた。

「わたしなら自分のネタを守ろうとしていることでけっして謝ったりしないわ、ジャック」

わたしはエミリーを振り返った。

「あなたはなにかに気づき、それを追いかけた」エミリーは言った。「それを自分のものとしている権利があなたにはある」

「了解」わたしは言った。

「じゃあ、あした」エミリーは言った。

18

わたしが〈ミストラル〉に着いたとき、レイチェルはすでにバー・カウンターにいた。彼女のマティーニのグラスは半分ほど減っていた。レイチェルはわたしが入ってくるのを見ておらず、わたしは彼女の背後に立ち、しばらく様子をうかがった。レイチェルはカウンターでうつむいて、書類を読んでいた。見ないでマティーニのグラスのステムに手を伸ばし、少しだけ口をつける。わたしと彼女との付き合いは二十五年近くにおよんでおり、熱くなったり冷たくなったり、激しくなったり縁遠くなったり、親しくなったり仕事に限ったものになったりしたあげく、最終的に胸が張り裂けるものになった。最初から彼女はけっして癒えることのない穴をわたしの胸に残した。彼女と会わずに何年も過ごすことはできたが、彼女のことを考えずにはいられなかった。いま彼女はどこにいるだろう、なにをしているだろう、だれといっしょにいるだろう。

前日にレイチェルを訪ねようと決めた瞬間、自分がまたしても希望と苦痛を手に入れようとしているとわかった。だが、こんなふうな運命の人間もいるのだ。傷ついたレコードのようにおなじ音楽を繰り返し再生する運命の人間が。

女性バーテンダーが戸口に立っているわたしを見て、彼女なりの発音でわたしの名前を呼んだとき、固まっていた瞬間は崩れた。

「ジャッキ、なにをしているの？」バーテンダーは言った。「入って、入って」

ラストネームを知らないバーテンダー、エルは、フランス語訛りで話した。彼女はわたしを常連客として知っていたが、わたしの名前をフランス語風にアレンジして呼んだ。とはいえ、ほとんど同じだったので、レイチェルは顔を起こし、わたしを見た。そしてわたしの追憶と希望の瞬間は終わった。

わたしはバーに歩いていき、レイチェルの隣に座った。

「やあ、長く待ったかな？」わたしは訊いた。

「いえ、ついいましがた」レイチェルは言った。

エルが注文を取ろうとバーにやってきた。

「いつものやつ、ジャッキ？」エルが訊いた。

「そうしてくれ」わたしは答えた。

エルはケテル・ワンのボトルが置かれているバー・カウンターの裏にまわり、わたしの飲み物の用意をはじめた。

「いづものやづ、ジャッキ？」レイチェルは馬鹿にしたように呟(つぶや)いた。「あの訛りは偽物だと知ってるんでしょ？」

「彼女は女優なんだ」わたしは言った。「店名はフランス語だ」

「ＬＡにしかない店でしょ」

「あるいはパリにもあるかも。で、丘を越えてヴァレーまでわざわざ足を運んだのはなぜだい？」

「新しい依頼人と会おうとして。きょう、プレゼンがあったの」

「身元調査の？」

「うちの食(く)い扶持(ぶち)」

「で、きみはそこへいき、元ＦＢＩの経歴をひけらかし、なにができるか伝えたところ、先方はきみに仕事を依頼するわけか？」

「それは少々単純化がすぎるけど、だいたいそういうこと」

エルがわたしのマティーニを運んできて、カクテル・ナプキンの上に置いた。

「どうぞ(ヴォアラ)」エルは言った。

「メルシー」わたしは礼を告げた。

エルはバー・カウンターの奥に引っ込み、賢明にもわれわれに内緒話ができるスペースをあけた。

「で、ここがあなたの行きつけの店なの？」レイチェルが言った。「偽のフランス語訛りのあるバーテンダーのいる店が？」

「ここから二ブロックしか離れていないところに住んでいるんだ」わたしは言った。「なにかあっても歩いて帰れる」

「あるいは幸運に恵まれても。相手の女性の気が変わらぬうちに家に連れて帰れる。でしょ？」

「それは反則だぞ。きのうあのことをきみに話さなければよかった。あれはここで一回こっきり起こった出来事なんだ」

「そうなんだ」

「ほんとだよ。だけど、きみが妬いているように聞こえてきたぞ」

「笑わせないで」

そこでいったん会話を打ち切り、わたしはおたがいの波乱万丈の歴史の思い出をともに思い返しているという気がした。台無しにするのはいつもわたしだった気がしている。一度は、詩人捜査のとき、わたし自身の不安感から、関係を悪化させる形で彼女を疑ってしまい、そして前回、わたしはおたがいの関係より自分の仕事を優先させ、彼女を大変な立場に追いこんでしまった。

いま、われわれはバーで会い、ひねくれた言葉を交わすはめに陥っている。ありえたかもしれないことがわたしを苦しめていた。

「正直言うと、ひとつだけ、羨んでいることがある」レイチェルが言った。

「いまおれがヴァレー地区に住んでいることかい？」わたしは訊いた。

まだひねくれた言い方から逃れられずにいた。なんてこった。

「いいえ、あなたが事件に取り組んでいること」レイチェルは言った。「本物の事件に」

「いったいなんの話だ？」わたしは訊いた。「きみにはきみの仕事があるだろ」

「その九十パーセントはコンピュータのまえに座って、身元調査をすること。あたしは本物の事件を調べていない……自分のスキルを使っていないのよ、ジャック。使わないと失うの。きのうあなたがやってきて、自分がもうやっていないもののことを否が応でも思いだした」

「すまん。すべておれのせいだとわかっている。きみのバッジや、あらゆるものが。

おれは記事を書くため、なにもかも台無しにしてしまった。それ以外なにも目に入らなかったんだ。心からすまないと思っている」

「ジャック、あなたに謝ってほしくて来たんじゃない。過ぎたことは過ぎたこと」

「じゃあ、なんなんだ、レイチェル？」

「わからない。あたしはただ……」

レイチェルは最後まで言わなかった。だが、これが軽く飲んでさよならということにはならないだろう、とわかった。

わたしはカウンターの反対側にいるエルに向かって指を二本立てた——二杯追加。

「きのう話をしたことについて、なにかした？」レイチェルが訊いた。

「したよ」わたしは言った。「なかなかいい情報をいくつか手に入れ、きょうも続けられたはずなんだが、牢屋で一晩過ごすはめに陥った」

「なんなの？　どうして？」

「なぜなら、この事件を担当しているロス市警のやつが怖がったからだ。おれが事件の調査で先行するのを怖がり、きのうの夜、でっち上げた捜査妨害でおれをしょっ引き、おれはメトロ分署で夜を明かし、法廷に出るのと、拘置施設のバスでの行き来で半日潰した」

マティーニを飲み終えると、エルが新しい一杯を届けてくれた。

「どうぞ」エルは言った。

「メルシー」わたしは礼を告げた。

「グラシアス」レイチェルが言った。

エルは去っていった。

「そうだ、乾杯を忘れてた」わたしは言った。

わたしは新しいグラスを掲げ持った。

「一発の銃弾説に？」わたしは訊いた。

ひょっとして、言いすぎたかもしれないが、レイチェルはためらわなかった。彼女は自分のグラスを掲げ、うなずいた。その説は、レイチェルが何年もまえにわたしに話してくれたものだった――だれにでも銃弾のように心臓を貫いてくれるだれかがこの世にいる、と彼女は信じていた。だれもがその人物と会える幸運に恵まれているわけではなく、もし出会ったとしてもだれもがその人物にしがみつけるわけではないが。

わたしにとって、なんの疑いもなかった。レイチェルがその人物だった。彼女の名前はわたしを貫く銃弾に刻まれていた。

われわれはグラスを軽く合わせた。だが、レイチェルはその件についてなにか言う暇も与えずに先へ進んだ。

「起訴されたの？」レイチェルは訊いた。

「市の検事補は、その事件を見てすぐに蹴ったよ」わたしは言った。「記者が一部の人間にはクズ以下に見られている時代の新しい形のハラスメントさ。あの警官たちはなにをやっても逃げられると思っている」

「今回の事件で連中を出し抜けると本気で思っているの？」

「思っている。きみは考えを変えたのか――」

「なにをつかんでいるの？」

わたしはつづく二十分間で、ジェイスン・ファンとウイリアム・オートンについて、そして記事のパートナーであるエミリー・アトウォーターがＵＣアーヴァイン校の情報源から手に入れたさらなる進展について話した。レイチェルはいくつか質問をし、あれこれアドバイスをしてくれた。わたしが十点の的に命中しているなにかをつかんでいるとレイチェルが感じているのは明白だった。レイチェルはかつてＦＢＩで連続殺人犯を狩っていた。いまは就職希望者の身元調査をおこなっている。われわれはさらにもう一杯マティーニを飲み、話が終わるころに下さねばならない決断があった。

「車をここに残していくの？」レイチェルが訊いた。

「駐車係はおれのことを知ってるんだ」わたしは言った。「飲みすぎて歩いて帰るなら、車の鍵を返してくれる。で、翌朝、歩いてここに戻り、自分の車を取り戻す」

「まあ、あたしも運転しちゃダメね」

「うちまで歩いてくればいい。運転できるくらい酔いが醒めたら、車のところまで戻ればいいさ」

そういうことになった。中途半端な誘い文句だ。レイチェルはそれを半笑いで返した。

「朝まで醒めなかったらどうする？」レイチェルが訊いた。

「マティーニ三杯……おそらくそんなにかかりはしないと思う」わたしは言った。

わたしはアメックスのプラチナカードで勘定を払った。レイチエルはそれを見た。

「まだ印税を受け取っているの、ジャック？」

「いくらかは。年々減っているけど、本はまだ絶版にはなっていないんだ」

「あらたな連続殺人犯が捕まるたび、所持品のどこかに『ザ・ポエット』が入っていると聞くわ。あたしが訪れたことがあるどの刑務所でも人気の高い本だった」

「ありがたいね。昨晩、メトロ分署でも一冊サインしておくべきだったかもしれない」

レイチェルは大きな声で笑い、マティーニを飲みすぎているのがわかった。ふだんは自分を抑制していて、そんなふうに大きな声で笑うことがなかった。

「ふたりとも酔い潰れるまえに出ていこう」わたしは言った。

われわれはスツールから腰を滑らせて降り、ドアに向かった。

二ブロック歩いているあいだ、アルコールがレイチェルの舌を緩ませつづけた。

「うちのメイドは一年ほど休暇を取っていることをあらかじめ知っておいてもらいたい」わたしは言った。

レイチェルはまた笑い声を上げた。

「もっとひどいものを覚悟してる」レイチェルは言った。「あなたの住んでいたところをいくつか覚えている。いかにも独り身の男性の住居というものだった」

「ああ、そうだな、世の中には変わらないものがあるんだ」

「なかに入れてもらいたい」

わたしは返事をせずに何歩か不安定な足取りで歩いた。それはわれわれの関係のことなんだろうか、それともわたしの記事のことなんだろうか。レイチェルはこちらから訊かなくても明らかにしてくれた。

「あたしはたくさんお金を稼いでいるけど……なにもしていない」レイチェルは言った。「昔は……あたしにはスキルがあったの、ジャック。だけど、いまは……」

「だからこそ、きのう会いにいったんだ」わたしは言った。「きっときみなら――」

「きょう、あたしがなにをやったと思う？　プラスチック製の家具を作っている会社でプレゼンをしたの。彼らは自分たちが不法移民を雇っていないことを確かめたいと思っているの。それで、あたしのところに来て、さてどうなるでしょう？　彼らがあたしにお金を渡したいというのなら、そのお金を受け取るわ」

「まあ、それがビジネスというものだ。それはわかっているだろ――」

「ジャック、あたしはなにかやりたいの。手を貸したい。あなたの記事に協力できる」

「あー……ああ、きみが犯人のプロファイルをしたがるんじゃないかと思っていた――この事件を起こしているのがだれであれ。それに、被害者だ。われわれは――」

「いえ、それ以上のことをやりたいの。この件で現場に出たい。案山子（スケアクロウ）のときのように」

わたしはうなずいた。われわれはその事件で手に手を取って働いたのだ。

「ああ、今回は、多少事情が異なる。あの当時、きみは連邦捜査官だった。それにいまおれにはパートナーがいて――」

「でも、あたしはこの件でほんとに役に立てるのよ。まだ連邦政府にコネがある。いろんな情報を手に入れられる。あなたのできないいろんなことを突き止めることができる」

「たとえばどんな？」

「まだわからないわ。見てみないと。でも、あらゆる政府機関の知り合いがまだいるの。いっしょに働いていたんだから」

わたしはうなずいた。われわれはわたしの住居がある建物に到着した。レイチェルがいま話しているどれだけがアルコールが言わせているものなのかわからなかったが、彼女は心から話しているように思えた。わたしは鍵をいじくり、ゲートをあけた。

「なかに入って、座ろう」わたしは言った。「この件でもっと話をしよう」

「今夜はもう話したくないわ、ジャック」レイチェルは言った。

19

わたしはサンタアナの裁判所に一度もいったことがなく、平日の朝にサンフェルナンド・ヴァレーからオレンジ郡まで車を走らせたこともなかった。九時にそこに着くよう七時に出発した。そのまえに〈ミストラル〉まで二度歩いていき、自分のジープとレイチェルのＢＭＷを回収した。レイチェルの車は建物の正面に停めた。マットスンとサカイに逮捕されたのとおなじ場所に。そののち、彼女の車の鍵を彼女が眠っているベッドの隣にあるテーブルに置いた。起きたら連絡してくれと頼むメモを書き、ベッドテーブルに鎮痛剤のアドビル二錠とともに置いてきた。

レイチェルは目を覚まして室内にだれもいないことにあわてるかもしれないが、わたしは裁判がはじまるまえにジゴベルト・ルイス刑事に会いたかった。

にもかかわらず、フリーウェイ101号線と5号線両方の渋滞のせいで、サンタアナの刑事裁判所ビルの駐車場に入っていったのは、九時二十分だった。アイゼイア・

ギャンブルの裁判の手続きはすでにはじまっていた。わたしは傍聴席の最後列に滑りこみ、様子をうかがった。運がよかった。証言席にいて証言をしている男性がルイス刑事であるとわかるのに数分しかかからなかった。

法廷の傍聴席には、わたしと、検察側テーブルに一番近い最前列にいる女性を除いて、だれもいなかった。この裁判は地元民あるいはメディアにまったく注目されていないようだった。検察官は女性で、検察側テーブルと弁護側テーブルのあいだにある発言台に立っていた。陪審団は彼女の左手にいた──十二名の陪審員と二名の補欠は、この日の裁判がはじまって一時間経っていないので、気を抜かずに関心を払っていた。

被告のアイゼイア・ギャンブルは、別の女性の隣に座っていた。女性弁護士と裁判に向かうというのは、性的捕食者用プレーブックの一部である、とわたしは知っていた。そうすることで陪審は疑問に思うのだ──もしこの男がしたと言われていることを本当にしたならば、女性が弁護を引き受けるだろうか、と。

ルイスは引退が近い年齢に見えた。禿げた頭頂部を白髪が囲んでおり、永久に寂しい目をしていた。仕事であまりにも多くのものを見てきたのだ。彼は数多くのエピソードのなかからひとつだけ語っていた。

「わたしは病院で被害者と会いました」ルイスは言った。「傷の治療を受けており、証拠が採取されていました」

「被害女性はあなたにほかの証拠もしくは情報を提供できたんでしょうか？」検察官が訊ねた。

「はい、車のトランクに入れられたときナンバー・プレートを覚えていたんです」

「それは車に付けられていなかったんですか？」

「はい、外されていたんです」

「なぜ外されていたんでしょう？」

「たぶん容疑者が誘拐場面をだれかに目撃された場合に特定されるのを避けるためでしょう」

被告側弁護人が刑事の回答に、臆測による発言として、異議を唱えた。判事はルイスがレイプ事件に充分以上の経験を有しており、いま口にした意見が正当なものであるとして、回答は有効だと認めた。その裁定に力を得て、検察官はさらなる質問をした。

「そういうのをいままでに担当した事件で見たことがありますか？」検察官は聞いた。「ナンバー・プレートを取り外すというのを？」

「はい」ルイスは答えた。

「経験豊かな刑事として、それがなにを意味していると思います?」

「予謀です。彼は計画を立て、狩りに出かけたんです」

「狩り?」

「被害者をさがすことです。獲物をさがすことです」

「では、被害者をトランクに入れていた話に戻って、プレートを読み取るには暗すぎはしなかったんですか?」

「暗いには暗いですが、誘拐犯がブレーキを踏むたびにテールライトが灯って、被害者はトランクのなかを見ることができたんです。そういう形でナンバー・プレートを記憶したのです」

「そしてあなたはその情報を使ってなにをしましたか?」

「コンピュータでそのナンバー・プレートの情報を検索し、登録されているオーナーの名前を入手しました」

「だれに登録されていたんですか?」

「アイゼイア・ギャンブルにです」

「被告ですね?」

「はい」

「次にあなたはなにをしましたか、ルイス刑事？」

「運転免許証に登録されているギャンブルの写真を取りだし、シックスパックに入れて、被害者に見せました」

「陪審にシックスパックとはなんなのか説明して下さい」

「写真を並べたものです。アイゼイア・ギャンブルの写真と、おなじ人種で、年齢、体格、髪と肌の色がほぼおなじほかの五人の男性の写真をまとめ六枚組にしました。それを被害者に見せ、この写真のなかに、あなたを誘拐し、レイプした人間はいるだろうか、と訊ねました」

「それで被害者はその並べた写真のなかでだれかを特定しましたか？」

「躊躇なくアイゼイア・ギャンブルの写真を特定しました。自分を誘拐し、レイプし、殴った男の写真だと」

「彼女が特定した男性の写真の下に自分の名前を書いてもらいましたか？」

「はい、書いてもらいました」

「本日、そのシックスパックを本法廷に持参していますか？」

「しています」

検察官は段階を追ってそのシックスパックを検察側証拠物として紹介し、判事はそれを認めた。

二十分後、ルイスは直接訊問を終え、判事は弁護側の反対訊問がはじまるまえに午前中の休憩を入れた。判事は陪審員たちと関係者全員に十五分後に戻るよう告げた。

わたしはルイスをじっと見つめ、彼がトイレにいくか、コーヒーブレークを取るため、法廷を出ていくかどうか確かめようとしていたが、当初、彼は証人席に座ったまま、廷吏と雑談を交わしていた。だが、廷吏が電話連絡を受け、刑事から関心をそらした。少しすると、ルイスは立ち上がり、検察官にトイレにいく、すぐ戻ってくると告げた。

ルイスが法廷の扉から出ていくのを見て、あとを追った。彼がトイレに入ってから一分のリードタイムを与え、わたしもトイレに入った。ルイスは洗面台で手を洗っていた。わたしはふたつ隣の洗面台にいき、おなじことをはじめた。われわれは洗面台の上にある鏡でおたがいを見て、たがいに会釈をした。

「あれはいい気分でしょうな」わたしは言った。

「なんです？」ルイスが問い返す。

「性的捕食者を長いあいだ世間から遠ざけておくのは」

ルイスは不思議そうにわたしを見た。

「あの法廷にいたんですよ」わたしは言った。「あなたが証言するのを見ました」

「ああ」ルイスは言った。「あんたは陪審メンバーじゃないんだろうな？　おれは陪審関係者とはいっさいコンタクトでき――」

「いや、わたしはちがいます。実を言うと記者なんです。ＬＡから来ました」

「この事件のために？」

「いいえ、この事件の取材じゃありません。あなたが担当した別の事件の取材です。わたしの名前はジャック・マカヴォイです」

わたしは手を拭くのに使っていたペーパータオルをゴミ箱に捨て、手を差しだした。ルイスはためらいがちに握手に応じた。それはわたしがいま言ったことのせいなのか、トイレで手を差しだされたことに対する一般的な気まずさのせいなのか、わからなかった。

「別の事件とは？」ルイスが訊いた。

「犯人が逃げおおせた事件だと思います」わたしは言った。「ウイリアム・オートン」

ルイスの顔を見て反応をうかがったところ、無表情に変わるまえに、一瞬怒りが燃え上がった気がした。

「どうしてその事件のことを知っているんだ？」ルイスは訊いた。

「情報源から」わたしは言った。「オートンがＵＣＩでなにをしたのか知ってます。あなたはやつを刑務所にぶちこまなかったけれど、少なくともあそこの学生からは遠ざけることができた」

「あのな、おれはその事件についてあんたと話をできんのだ。法廷に戻らないと」

「できないのですか、話すつもりがないんですか？」

ルイスはドアをあけたが、わたしを振り返った。

「あんたはオートンの取材をしているのか？」ルイスは訊いた。

「はい」わたしは言った。「あなたが話そうと話すまいと。われわれが話をして、オートンが起訴されなかった理由をあなたが説明してくれたあとで取材するほうがいいですが」

「あの男あるいはあの事件についてあんたはなにを知ってる？」

「オートンはまだ捕食者かもしれないということを知っています。それで充分では？」

「法廷に戻らないといけないんだ。もし証言を終えたあとであんたがまだここにいるなら、ひょっとしたら話をできるかもしれない」

「わたしは――」

ルイスは姿を消し、ドアがゆっくりと閉まった。

法廷に戻ると、被告側弁護人がルイスに反対訊問するのを見たが、得点として記録できるような点数を稼げず、それだけでなく、ある質問で、誘拐とレイプのあとで病院で採取されたDNAが彼女の依頼人と一致したという証言をルイスにさせてしまうという大きなミスを犯した。これはむろんいずれにせよ表に出されるか、あるいは初期の検察側証人を通じてすでに出ていたかもしれないが、依頼人にとって不利な検察側の重要証拠に弁護側が言及するのは、けっして褒められたことではなかった。

二十分間の質問で、自分の依頼人に有利な証言をほとんど得られず、弁護人は諦め、刑事は証人としての役割から解放された。

わたしは法廷を出て、廊下のベンチに腰を下ろした。もしルイスがわたしと話をするつもりなら、出てくるだろう。だが、ルイスが出てきたとき、それは次の証人を呼ぶためだった。その証人は廊下の隣のベンチに座って待っていた。ルイスがその女性をドクター・スローンと呼び、出番ですと告げるのを聞いた。ルイスは彼女を伴って法廷に向かい、扉をあけ支えると、わたしのほうを振り向いて、うなずいた。あとで会いに戻ってくる、という意味だとわたしは受け取った。

さらに十分が経過し、ルイスがようやくまた法廷から出てきて、ベンチのわたしの隣に腰を下ろした。

「おれはなかにいなきゃいけないんだ」ルイスは言った。「あの検察官はおれとちがって、事件のことをろくに知らないんだ」

「あのドクター、彼女はＤＮＡの専門家なんですか？」わたしは訊いた。

「いや、彼女は病院でレイプ処置センターを運営している。彼女が証拠を集めた。ＤＮＡ専門家は次の証人だ」

「この裁判はどれくらいつづくんです？」

「あすの朝には終わるだろう。弁護側がどんなものを持ちだそうともそうなる――たいしたものはないと思う」

「もしこの裁判が勝ち目のない戦いなら、どうして有罪答弁して、取引をしないんです？」

「なぜなら、あんなやつだからだ。われわれはあいつとは取引しない。あんたはなぜここにいるんだ？」

「ある記事の取材をしており、それがオートンにつながったんです。ＵＣＩの事件を見つけ、なぜそれが起訴されないんだろう、と不思議に思いました」

「短く答えると――DNAが一致しなかったんだ。被害者による犯人確認、チェック可能な事実に関する証人の協力があったが、DNAがこっちの脚をへし折った。地区検事局はパスした。どのようにオートンがあんたの調べているネタと関係しているんだ？」

ルイスがやっていることがわかっていた。彼は取引をしていた。情報を得るために情報を渡そうとしている。だが、いまのところ、彼はわたしがすでに知っている以外のことをなにも話していない。

「わたしはある女性の殺人事件を調べています」わたしは言った。「オートンとその事件とは直接の関係はありませんが、被害者のDNAがオートンのラボを通ったと思っています」

「UCIの？」ルイスが訊いた。

「いえ、この事件はオートンがUCIを去ったあとに起こっています。オートンの現在のラボ、オレンジ・ナノ社」

「その結び付きがよくわからん」

「わたしの被害者は性的捕食者に殺されました。オートンについてわたしが突き止めたことからすると、彼も性的捕食者です」

「おれはそんな発言はできない。おれたちは一度もあいつを起訴していないんだ」

「ですが、あなたは起訴したかった。前に進もうとしなかったのは、検事局だった」

「正当な理由があったんだ。ＤＮＡは両方向に働く。有罪にするし、容疑を晴らす」

わたしはいまの発言を書き留めようと手帳を取りだした。その様子にルイスは動揺した。

「おれの発言はいっさい使えないぞ。おれはあいつに訴えられたくない。事件は存在しなかったんだ。ＤＮＡがあいつの容疑を晴らした」

「ですが、そちらには被害者の証言があった」

「そんなものは重要じゃないんだ。ＤＮＡがあらゆるものをぶち壊したんだ。立証を不可能にした。われわれは先に進めなかった。一巻の終わり。これは――あんたはロサンジェルス・タイムズで働いているのか？」

「ときどきタイムズとパートナー関係を結ぶウェブサイトで働いています。ＤＮＡの検査結果が戻ってきて、ウイリアム・オートンと一致しなかったとき、どれほど驚きました？」

「オフレコでは、とても驚いた。オンレコでは、ノーコメントだ」

わたしは脅しと受けとられないように手帳をベンチに置いた。

「そのＤＮＡとその由来について、仮説はありましたか？」わたしは訊いた。

「なかったな」ルイスは言った。「それが事件を殺したんだとたんにわかっている。どれほど被害者の話が信用のおけるものだとしても関係ないんだ。彼女の体に付いていた別の男のＤＮＡが事件を殺した」

「手が加えられた可能性についてはどうです？」

「どこで起こったのかわからん。おれが裁判所命令によってオートンから検体を採取した。おれがそれをラボに運んだ。おれがなにかミスをしたとでも？」

「いえ、まさか。たんに訊いているだけです。オートンの検体と比較するための第二の検体があったはずです。それに関してなんらかの内部調査はありましたか？」

「検査をもう一度やり直し、おなじ結果が出た以上のことはやっていない。あんたは非常にデリケートな問題について話している。この裁判所の刑事弁護士どもがそのようなことでなにをしでかすか、わかるか？　そのラボが原因で下ったすべての有罪判決の控訴におれたちは埋もれてしまうだろう」

わたしはうなずいた。それについて調べるにしても、あまり調べすぎないようにしたほうがいいだろう。

「あなたが被害者にＤＮＡが一致しなかったことを話したとき、彼女はどのように受け止めましたか？」わたしは訊いた。

「おれ以上に驚いていた、と言えばいいかな」ルイスは言った。「ほかの男はいないとそのときぎっぱり言ったし、いまもそう言ってる。オートンだけだ、と」

「オートンと話をしたことはありますか？　つまり、事情聴取したことが。ひょっとしたらオートンの検体を綿棒で採取したときに？」

「いや、ちゃんとは話していない。話を聞こうとしたんだが、あいつは弁護士を立て、それでおしまいだ。ほら、この件ではあんたの言うとおりだ。あんたが言ったとおりだ」

「なにを言いましたっけ？」

「あいつが起訴されなかったことについて。あのマザーファッカー野郎はレイプ犯だ。おれにはそれがわかる。そしてＤＮＡはそのことを変えはしない。これもオフレコだぞ」

ルイスは立ち上がった。

「なかに戻らないと」ルイスは言った。

「急いで伺いますので、あとふたつ質問させて下さい」わたしは言った。

ルイスは質問するように仕草で促した。わたしは立ち上がった。

「ジェーン・ドウの弁護士、それはだれですか？」

「エルベ・ガスパール――おれが彼を彼女に推薦した」

「ジェーン・ドウの本名はなんです？」

「大学の情報源から手に入るはずだろ」

「わかりました。では、ＤＮＡに関するラボの報告書はどうなったんでしょう？　どこでそれを手に入れられます？」

「できない。事件が起訴されなかった際にすべて破棄された。ラボの報告書もあらゆる記録も。オートンの逮捕記録は、あいつの弁護士が裁判所命令を手に入れたあとで抹消された」

「クソ」

「まったくだ」

ルイスは法廷の扉のほうを向き、二、三歩そちらに進んだが、立ち止まると、わたしのところに戻ってきた。

「名刺かなにか持ってるかい？　なにかあった場合に備えて」

「もちろん」

わたしはバックパックのジッパーをひらき、名刺をほじくりだし、ルイスに渡した。

「いつでも電話して下さい」わたしは言った。「それから、この事件で幸運を」

「ありがと」ルイスは言った。「だが、この裁判には幸運は要らない。あいつは有罪確定だ」

わたしはルイスが仕事を片づけるため、法廷に戻るのを見ていた。

20

裁判所を出てから携帯電話の電源を入れると、ランドール・サックスからメッセージが入っていた。レックスフォード社の広報責任者だ。インディアナポリスとの二時間の時差を利用し、わたしは車で来たときに電話をかけていた。こちらにとっては早い時刻だったが、サックスは仕事をはじめてそれなりの時刻になっており、わたしはオレンジ・ナノ研究所に出向いて、ウイリアム・オートンのインタビューをしなければならないのだ、とサックスに告げた。もしこの要請を断ったなら、レックスフォード社がなにか隠していると思うだろうということをはっきり伝えた。上場企業である同社の取締役のひとりであり、トップ研究者である人間と話をできないというのは。きょうの午後、オレンジ・ナノ研究所の近くにいるので、そのときに訪問できればありがたい、と伝えた。

伝言によると、カメラマンとわたしは午後二時にオートンにインタビューできるが、午後三時きっかりに終わらねばならないというものだった。わたしはすぐにサックスに電話をかけ直し、アポイントメントの確認をしたところ、研究所に到着した際にだれに連絡をすべきかという詳細を告げられ、また一時間以内で終えることを念押しされた。オートンはインタビューに反対していたが、この自分、サックスが道理を弁えさせることができたのだ、と言わんばかりの話しぶりだった。

「うちは透明な会社です」サックスがわたしに請け合った。

わたしはサックスに礼を告げ、電話を切ると、すぐにエミリー・アトウォーターに電話した。

「どれくらい早くこっちに来られる？」わたしは訊いた。「二時にオートンと会う約束をした」

「いますぐ出かけたら、戦略を練る時間ができると思う」エミリーは言った。

「オーケイ、いいぞ。カメラを忘れるなよ。きみはカメラマンでおれがインタビュアーだ」

「やなこと言わないで。自分がどういう役割をするべきかわかってる」

「すまん。連邦政府からなにか手に入れたかい？」

「連邦取引委員会からいい情報を手に入れた。そっちに着いたら話す」

「で、だれがやなやつなんだ？」

「しつこい。これから出かける」

エミリーは電話を切った。

わたしは時間があったので、コスタ・メサにある〈タコ・マリア〉に早い昼食を取りにいった。アラチェラ・タコスを食べながら、オートンへアプローチする最上の方法について考えた。オートンの考えを聞ける機会は今回かぎりかもしれない、とわかっていた。エミリーとわたしは、レックスフォード社の広報に伝えたカバーストーリーを維持して話をするのか、それともオートンと対峙するのか？

ルイス刑事から聞いた話に基づけば、オートンは対峙した場合、屈しはしないだろうとわたしは確信していた。直接的なアプローチをすれば、お帰りはあちらという対応しか返ってこなそうだ。それでも、ＵＣＩの教授だったときに自分に浴びせられた非難を突きつけられた場合、オートンがどのように反応し、あわよくば自己弁護をするところを目にするのは、有益かもしれなかった。あるいは、われわれが取材している記事の中心にある四人の死んだ女性のＤＮＡがオレンジ・ナノ研究所に最終的に行き着いたのかどうか訊ねたら、オートンはなんと言うだろう？

タコスは絶品で、オートンとの約束に向かう九十分まえに食べ終えた。

駐車場を歩いていると、携帯電話が鳴った。レイチェルからだった。

「いま起きたのかい？」わたしは言った。

「いえ、仕事中。ありがと」レイチェルは言った。

「まあ、もう少し早く連絡が来るかなと思っていたんだ。メモは見てくれたかい？」

「ええ、見た。たんに仕事に出て、一日をはじめたかったの。いま、オレンジ郡？」

「ああ、そうだ。オートンの事件を担当した刑事と話をしたよ」

「彼はなんと言ってた？」

「たいしたことは言わなかったが、話したがっていたと思う。こちらの名刺を要求した。そういうことは普通は起こらない。いずれ、わかるだろう」

「で、いまは？」

「二時にオートンと会うことになった。スポンサー企業が設定してくれたんだ」

「その場にいたかったな。あたしならその男をきちんと読み取って、あなたに伝えられるのに」

「まあ、もうひとりの記者が来ることになっている。三人は多すぎるし、どういう風に説明したらいいのか――」

「言ってみただけよ、ジャック。あたしの記事や事件ではないのはわかってる」

「ああ、今夜、間接的な読みを提供してもらえるんじゃないか」

「〈ミストラル〉で？」

「あるいは、丘を越えておれがきみのところにいくこともできる」

「いえ、〈ミストラル〉がいい。あの店にいく。仕事のあとで」

「わかった。じゃあ、あとでまた」

　わたしは車に乗り、しばらく座ったまま考えていた。昨晩の感触や感覚はアルコールで霧がかかっていたものの、それでもわたしにはすばらしいことだった。わたしはふたたびレイチェルといっしょにいて、この世にそれ以上いい場所はなかった。だが、それはつねに希望でもあり、苦痛でもあった。希望と苦痛。彼女といっしょにいると、どちらか一方だけということは一度もなく、わたしはそのおなじサイクルがふたたび巡ってくるのに心構えをしなければならなかった。わたしはいま高みを進んでいるが、歴史と物理法則は明白だった。上にあるものはかならず下がるのだ。

　研究所の住所をGPSアプリに入れ、オレンジ・ナノ研究所のまえを車で数回通りすぎた。それからマッカーサー大通りで車を停め、携帯電話を使って、ジェーン・ドウの弁護を担当したエルベ・ガスパールの事務所を調べ、電話をかけた。記者であることを名乗り、きょうじゅうに掲載される予定の記事に関して弁護士と話をする必要がある、と伝えた。たいていの弁護士はマスコミに自分の名前を出したがる。無料の広告だからだ。予想どおり、電話はガスパールの携帯電話に転送され、漏れ聞こえる音から相手がレストランにいて食事をしているところだとわかった。

「こちらはエルベ・ガスパール。ご用件は？」

「ジャック・マカヴォイと申します。ＬＡでフェアウォーニングの記者をしています」

「フェアウォーニングとはなんだね？」

「いい質問です。消費者保護を目的とするニュース・サイトです。市民のために目を光らせているんです」

「聞いたことがないな」

「それはかまいません。聞いたことがある人々がおおぜいいます。とくに定期的にうちが手口をさらすペテン師たちは」

「それがわたしとなんの関係があるんだろうか？」

わたしは根回しをすっ飛ばすことに決めた。

「ガスパールさん、お食事中のようですので、本題に入らせてもらいます」

「〈タコ・マリア〉にいる。ここに来たことはあるかい？」

「ええ、およそ二十分まえに」

「ほんと？」

「ほんとです。さて、わたしは午後二時にウイリアム・オートンにインタビューをする予定です。もしあなたがわたしであるなら、彼になにを訊きますか？」

ガスパールが返事をするまで、長い沈黙があった。

「どれほど多くの人間の人生を台無しにしてきたのか、訊ねるだろうな。オートンのことを知っているのか？」

「あなたの依頼人が関わっている事件のことを知っています」

「どうやって？」

「情報源から。その事件に関してわたしに話せることはありますか？」

「なにもない。和解し、関係者全員がＮＤＡに署名したんだ」

　機密保持契約（ノンディスクロージャー・アグリーメント）。記者泣かせの代物。

「訴訟は起こされなかったと思っていました」わたしは言った。

「起こされなかった。われわれが和解に達したからだ」

「で、それに関する詳細を明かすことができない」

「ああ、明かせない」

「その和解内容が記録されている場所はありますか？」

「ない」

「依頼人の名前を教えていただけますか？」

「彼女の許可がなければ教えられない。だが、彼女もあなたと話すことができない」

「それはわかっていますが、あなたは彼女に訊けるんですね？」

「訊けるが、答えはノーだとわかっている。あなたに連絡するには、この番号でいいんだろうか？」

「ええ、わたしの携帯番号です。いいですか、わたしは彼女の名前を公にしようなんて考えていません。名前がわかればわたしの役に立つ、それだけなんです。わたしはきょうオートンにインタビューします。被害者の名前すらわかっていないのに、この件で彼を咎めるのは難しいでしょう」

「理解はする。彼女に訊いてみよう」

「ありがとうございます。最初の質問に戻ります。どれほど多くの人間の人生を台無しにしてきたのか、訊ねるだろうな、とあなたはおっしゃった。あなたの依頼人だけじゃなく、ほかにも大勢いると考えているんですね？」

「こういう言い方をしようか、わたしが扱った事件は、特異なものではなかった。いまのはオフレコだ。事件についてあるいは彼について話すことはできない」

「もしオフレコで話せるなら、ＤＮＡ報告書についてはどう思いました？　ルイス刑事は、それに非常にショックを受けたと言っていました」

「あなたはルイスと話したんだ？　ああ、とんでもないショックだった」

「オートンはどうやって危機を脱したんでしょう？」

「それを突き止めたら、教えてほしい」

「突き止めようとはしなかったんですか？」

「もちろん、突き止めようとしたが、成果はなかった」

「手が加えられたんですか？」

「だれにわかる？」

「人は自分のＤＮＡを変更できるんでしょうか？」

ガスパールは笑いだした。

「うまいセリフだ」

「冗談のつもりで言ったんじゃありません」

「まあ、こういう言い方をしよう、もしオートンが自分のＤＮＡを変更する方法を発明したのなら、カリフォルニアで一番の金持ちになるだろう。なぜならそのためにおおぜいの人間が大金を払うだろうから。ゴールデン・ステート・キラーからはじめて、そこから順番にリストを当たっていけばいい」

「最後の質問です」わたしは言った。「あなたとあなたの依頼人が署名をしたNDAは、あなたの調査の記録も対象にしていますか、それともあなたが自分のファイルに記録しているものをわたしは見られますか？」

ガスパールはまた笑い声を上げた。

「努力は買う」

「いい努力だと思ってました。ガスパールさん、わたしの名前と連絡先の電話番号を依頼人に伝えて下さるなら、感謝します。彼女との話は秘密にします。それは保証します」

「話してみるよ。だけど、もしそんなことをすれば契約を破るリスクを冒すことになる、という助言もする」

「わかります」

わたしは電話を切り、車のなかで座って考えていた。いまのところオレンジ郡への出張は、表向きそれが調査の目的である四人の死と、ウイリアム・オートンあるいはオレンジ・ナノ研究所とのあいだの結び付きを見つけるといった成果をなにも産んでいなかった。

携帯電話が鳴った。エミリーからだった。

「いま405号線を降りたところ。あなたはどこにいるの？」

わたしは車を停めている場所までの道順を伝え、エミリーは五分でそこへいく、と言った。彼女が到着するまえにショートメッセージが届いた。それは714のエリアコードから届いた――オレンジ郡だ。

ジェシカ・ケリー

その名前はガスパールから届いたものだと思った。自分までたどり着けないように使い捨て携帯電話を使ったのだろう。このことがわたしにいろんなことを告げた。

まず第一に、ガスパールはNDAを破るくらいオートンに関心があったが、自分を守るための措置を取って、破った。また、ガスパールは使い捨て携帯電話を使うたぐいの弁護士であり、それは将来的に役立つ可能性があるということだ。

わたしはショートメッセージで感謝の意を返し、また連絡します、と付け加えた。返事は来なかった。その電話番号を連絡先に加え、名前をディープ・スロートにした。わたしはウッドワードとバーンスタインのせいで記者になった。彼らがそのニックネームを与えた匿名の情報源の協力を得て、大統領を権力の座から引きずり下ろしたワシントン・ポストの二人組だ。

エミリーの車が目のまえの縁石に停まるのを見た。小型のジャガーＳＵＶで、わたしのジープよりもすてきな車だった。わたしはバックパックを持って車を降り、彼女の車の助手席に乗りこんだ。携帯電話を確認したところ、まだ潰さなければならない時間があった。

「で」わたしは言った。「連邦政府について話してくれ」

「ほかの記事で協力したことがある人と話したの」エミリーは言った。「その人は連邦取引委員会（FTC）の取締部門の人間で、そこはＤＮＡ業界がでかくなりすぎて、ＦＴＣが食品医薬品局（FDA）に担当を委ねるまで、業界を監視していたところ」

「ＦＤＡは基本的になにもしていない」

「まさしく。だけど、わたしの相手はライセンス記録とデータベースにいまでも潜りこむことができるの」

「それで？」

「それで、基本的にＤＮＡラボは認可を受ける必要があるんだけど、知ってのとおり、そのあとでは監視や取締はしない。けれども、ＦＤＡはクレームを受け付けなければならず、わたしの相手が言うには、オートンにはフラグが立っていた」

「公的な記録に載っていたのか？」

「載っていたけど、具体的な内容の記載はなし」

「どこからそのフラグはやってきたんだ？」

「彼はその情報を手に入れられなかったけど、わたしの推測では、ＵＣＩとそこで起こったことからだと思う」

その可能性は非常に高いようにわたしにも思えた。

「わかった」わたしは言った。「ほかになにかあるかい？」

「もうひとつ」エミリーは言った。「オレンジ・ナノ研究所のライセンスには、ほかのライセンスを受けた研究施設と匿名データを共有することを認める修正条項が付いていた。だから、ＧＴ23社から手に入れるデータは、そこの研究所やオレンジ・ナノ研究所を通じて、どこかほかへ送ることができる」

「その取引になんらかの認可は必要なんだろうか？」

「現時点では必要ない。ＦＤＡがのんびり時間をかけている規則や規制の一部になりそうだけど」

「だれにＤＮＡを渡しているのか突き止める必要がある」わたしは言った。「会ったときにオートンに訊ねることはできるが、まともな答えは返ってこないだろうな」

「もうすぐわかるわ。ジェイスン・ファンはどうなの？　親会社への不平を抱えている元従業員は。ひょっとしたら彼がなにかを知っていて、教えてくれるかも」

「ひょっとしたらな。だけど、ファンの線は追っても実りが少なそうだ。ファンはＤＮＡをオレンジ・ナノ研究所に送っていた。そのあとのＤＮＡの行き場をファンはコントロールできないし、たぶんどこへいくのか知らないだろう。きみのＦＴＣの人間はどうだろう？」

「訊いてみるけど、ＦＴＣはＦＤＡが引き継いだときにＤＮＡ産業から手を引いてしまったの。彼が手に入れることができるものは、少なくとも二年かそれより古いものになる」

「まあ、それでもやってみる価値はある」

「あとで連絡してみる。ＵＣＩの事件で警官から手に入れた情報はどんなもの？」エミリーが訊いた。

「法廷でその刑事と話をし、そのあとでＵＣＩの被害者の弁護を担当した弁護士に電話した」

「ジェーン・ドウね」

「実際には、ジェシカ・ケリーだ」

「だれから教えてもらったの？」

「ガスパールだと思う、弁護士の」

わたしは受け取ったショートメッセージについて説明した。

「いい情報ね」エミリーは言った。「もし彼女がまだ近くにいるなら、見つけられる」

「彼女はNDAに署名しているんだ。だから、そこは行き止まりになるかもしれない。だが、名前を手に入れたことは、オートンを相手にする場合役に立つだろう。もしそんな場面になれば」

「あら、そんな場面になると思ってるわ。準備はいい？」

「準備完了だ」

21

オレンジ・ナノ研究所は、マッカーサー大通りの外れの清潔な工業団地のなかにあり、ＵＣＩからそれほど遠くなかった。

ＰＣ工法を用いた平屋建てで、窓はなく、そこが何の建物かわかる看板も付いていなかった。玄関ドアは狭い応接エリアに通じており、レックスフォード社の広報からウイリアム・オートンへの案内役であると告げられていたエドナ・フォルツナトがそこにいた。

フォルツナトに案内されて、あるオフィスに入ったところ、ふたりの男性が待っていた。ひとりは大きな机の正面に座っており、もうひとりはその左側に座っていた。オフィスは基本的な設えだった――ファイルや書類が散乱している机、壁に掛けられた卒業証書、別の壁には医学研究書を収める書棚があり、部屋の隅に高さ一・八メートルの彫刻が置かれていた。磨き上げられた真鍮(しんちゅう)製の二重らせんの彫刻。

机の向こうに座っている男はあきらかにオートンだった。五十がらみで背が高く痩せぎすだ。オートンは立ち上がると、幅広い机をものともせず手を伸ばして、われわれと握手をした。表向きには禿頭症の治療法をさがしているということだったが、オートン自身はふさふさした茶色の髪の毛をうしろに流し、重たい髪留めでひとつにまとめていた。切りそろえていない伸ばし放題の眉が研究者らしい好奇心の強そうな表情に見せていた。必需品の白衣——名前が胸ポケットの上に刺繍されている——の下に淡いグリーンのスクラブを着ている。

もうひとりの男は謎だった。パリッとしたスーツ姿で座ったままでいる。

オートンがすぐにその謎を解いた。

「わたしがオートン博士です」彼は言った。「そしてこちらが弁護士のジャイルズ・バーネット」

「われわれはおふたりが終わらせなければならない用事の邪魔をしているんでしょうか？」わたしは訊いた。

「いや、わたしがジャイルズに加わってくれるよう頼んだんだ」オートンが言った。

「どうしてです？」わたしは訊いた。「これは単なる一般的なインタビューですよ」

オートンにはわたしがこれまで見てきた、マスコミに直接対処するのに慣れていない人々特有の神経質そうな様子があった。それに彼にはUCIをひそかに追放されたことを心配するという追加の重荷があった。弁護士を連れてきたのは、このインタビューが、エミリーとわたしの意図していた領域に迷いこまないようにという思惑からのようだった。

「まず最初にわたしはこの立入り行為を望んでいないとあなたたちに伝える必要がある」オートンは言った。「わたしは自分の研究に資金援助をしてくれているレックスフォード社を信頼しているから、彼らの要求に協力する。これはそのひとつだ。だが、いま言ったように、気に入っておらんので、弁護士に同席してもらったほうが安心なんだ」

わたしはエミリーを見た。このインタビューのために立てていた計画が無駄になったのは明白だった。計画では、ゆっくりとオートンを過去のトラブルの話に向かわせようということになっていたのだが、それがジャイルズ・バーネットに止められるのは明らかだった。弁護士は襟元がきついほど首が太く、オフェンスラインマンのような分厚い体躯だった。エミリーを一瞥し、船を捨てるべきか、先に進めるべきか、どう彼女が考えているのか読み取ろうとした。

わたしが決断するまえにエミリーが口をひらいた。

「ラボからはじめられませんか？」エミリーはオートンに言った。「活動領域にいるあなたの写真が欲しかったんです。邪魔にならないように撮影しますので、そのあとインタビューをしましょう」

エミリーは計画どおりに進めていた――まず写真を撮影する。なぜならインタビューは最終的には対峙する形になるだろうから。敷地内からの退去を命じられたあとに写真を撮影するのは難しいだろう。

「ラボには入れない」オートンは言った。「汚染の懸念があり、厳密なプロトコルがある。しかしながら、廊下の窓から見ることはできる。そこから写真を撮影するといいだろう」

「それで大丈夫です」エミリーが言った。

「どのラボを？」オートンが訊いた。

「えーっと、そちらから教えていただけます？」わたしが言った。「どういうラボがあるんですか？」

「抽出ラボがある」オートンは言った。「PCRラボがあり、分析ラボがある」

「PCR？」

「ポリメラーゼ連鎖反応だ」オートンが言った。「検体を増幅する場所だ。数時間で一個のDNA分子から数百万個のコピーを作製できる」

「そこがいいですね」エミリーは言った。「その処理をおこなっているあなたの写真を何枚か撮影したいです」

「けっこうだよ」オートンは言った。

オートンは立ち上がり、われわれに合図すると、ドアを通り抜け、建物の奥へとつづく廊下に入った。エミリーはオートンがわれわれの少し先を進むよううしろに下がってついていった。オートンは白衣をマントのようにうしろにはためかせている。エミリーは歩きながら何枚か撮影した。

わたしはバーネットの隣を歩き、名刺を求めた。バーネットはスーツの上着の胸ポケットに入れたポケットチーフの裏に手を伸ばして、エンボス加工の名刺をわたしに渡してくれた。わたしはそれをチラッと見てからポケットに収めた。

「きみがなにを訊きたいかわかってる」バーネットは言った。「なぜ彼は刑事弁護士を必要としているのか？　その答えは、わたしの専門は刑事弁護だけではないからだ。わたしはオートン博士の法律関係の仕事のすべてを担当している。だから、わたしはここにいる」

「なるほど」わたしは言った。

われわれは両側にいくつもの大きな窓がついている長さ十二メートルほどの廊下を曲がった。オートンは最初の窓のまえで立ち止まった。

「ここの左側がPCRだ」オートンは言った。「右側にあるのがSTR分析ラボだ」

「STR？」わたしは訊いた。

「短縦列反復(ショート・タンデム・リピート)分析は、特定遺伝子座の評価をするものだ」オートンは言った。「ここがわれわれの狩りをする場所だ。アイデンティティ、行動、遺伝子特性の共通項をさがしているところである」

「禿げのような？」わたしは訊いた。

「そのなかのひとつであることは確かだ」オートンは言った。「われわれの主要な研究対象でもある」

オートンは窓越しに何十本もの試験管を収めたラックが付いているカウンタートップ食洗機のような形をした装置を指さした。エミリーはその写真も撮影した。

「あなたが研究に使っているDNAはどこから来るのですか？」わたしは訊いた。

「もちろん、購入している」オートンは言った。

「どこから？」わたしは訊いた。「大量に必要なはずだ」

「主要な供給源はGT23社という名の会社だ。耳にしたことはあるはずだ」

うなずきながら、わたしは尻ポケットから手帳を取りだし、オートンの発言をそのまま書き留めた。わたしがそうしていると、エミリーはカメラマンとしての役割をつづけた。

「オートン博士、わたしたちはラボのなかに入れません」エミリーは言った。「ですが、博士がなかに入って、そこにある装置でなにか作業をしていただくことはできませんか、そうすると何枚か写真を撮れますので?」

オートンはバーネットを見て承認を求め、弁護士はうなずいた。

「そうしよう」オートンは言った。

「それから、どのラボにも人の姿がありません」エミリーは付け加えた。「あなたの研究に協力してくれるスタッフはいないのですか?」

「もちろん、いるよ」オートンは言った。苛立(いらだ)たしげな口調になっている。「彼らは写真を撮られたがっていない。だから、一時間の休憩を与えたんだ」

「あと四十分」バーネットが助け船を出した。

オートンは鍵を使って、STRラボのドアをあけた。マントラップに足を踏み入れると、排気扇が唸(うな)りを上げて生き返り、やがて死んだ。オートンは鍵を使って次のドアをあけ、ラボに入った。

エミリーは窓ガラスに沿って動き、カメラのレンズ越しにオートンを追った。

バーネットはその機会を捉えて、わたしの隣にやってきた。

「あなたはここでなにをしているんだ？」バーネットが訊いた。

「どういうことです？」わたしが問い返す。

「この茶番の裏になにがあるのか知りたいね」

「記事の取材をしています。DNAそのものと、それがどのように利用され、保護されているか、その科学の最前線にいるのはだれかについて、書くつもりです」

「それはでたらめだ。ここにいる本当の目的はなんだね？」

「いいですか、わたしはここにあなたと話をしに来たんじゃない。オートン博士がわたしをなにかで咎めたいのであるなら、本人にさせればいい。ここに彼を呼んで、みんなで話し合いましょう」

「わたしがわかるまでは――」

バーネットが言い終わるまえにマントラップの排気扇の唸りに遮られた。

われわれはふたりとも音のしたほうを向いて、オートンが出てきたのを見た。気がかりな表情がオートンの顔に浮かんでいた。いまの言い合いを耳にしたのか、ラボの窓越しに指を立てて話している様子を目にしたのだろう。

「なにか問題でも？」オートンが訊いた。

「ええ」バーネットが返事をするまえにわたしが言った。「あなたの弁護士は、わたしがあなたにインタビューするのをいやがっています」

「このインタビューの本当の目的がわかるまではね」バーネットが言った。

この瞬間、慎重に下準備をする計画が白紙に戻ったのがわかった。いましかない。

「ジェシカ・ケリーについて知りたいんです」わたしは言った。「あなたがどうやってDNAに不正工作したのか知りたい」

オートンはまじまじとわたしを見た。

「だれからその名前を聞いたんだ？」バーネットが強く問うた。

「明かすつもりのない情報源から」わたしは言った。

「ふたりともここから出ていってくれ」オートンは言った。「ただちに」

エミリーがオートンとわたしにカメラを向け、矢継ぎ早にシャッターを押した。

「写真を撮るな！」バーネットが叫んだ。「ただちにそいつを降ろせ！」

弁護士の声は怒りで強(こわ)ばっており、エミリーに飛びかかるかもしれない、とわたしは思った。ふたりのあいだのスペースに体を入れ、取り返しのつかない状況を回避しようとした。

バーネットの肩越しにオートンがさっき通ったオフィスにつながるドアを指し示しているのが見えた。

「ここから出ていけ」オートンの声が次第に上ずってくる。「出てけ！」

わたしは自分の質問にオートンあるいは彼の弁護士が答えないだろうとわかっていたが、記録に残したかった。

「どうやってやったんです？」わたしは訊いた。「あれはだれのＤＮＡだったんです？」

オートンは答えなかった。手を伸ばしたまま、ドアを指し示しつづけている。

バーネットがわたしをそちらの方向へ押しはじめた。

「ここではいったいなにが起こっているんです？」わたしは叫んだ。「ダーティー・フォーについて話して下さい、オートン博士」

するとバーネットはさらに力をこめてわたしを押し、わたしは背中からドアにぶつかった。だが、わたしの言葉の衝撃がオートンにそれ以上に激しくぶつかったのが見えた。ダ、ダ、ダーティー・フォ、フォ、フォーという言葉を認識すると、一瞬、怒りの仮面が外れたのがわかった。その裏にあったのは……狼狽（ろうばい）？　不安？　恐怖？　なにかがそこにあった。

バーネットはわたしを廊下へ押しだし、わたしはバランスを保つため、体の向きを変えなければならなかった。

「ジャック！」エミリーが叫んだ。

「おれに触るな、バーネット」わたしは言った。

「だったら、ここから出ていきやがれ」弁護士は言った。

わたしはそばに近づいてきたエミリーの手が腕に触れるのを感じた。

「ジャック、来て」エミリーは言った。「いかないと」

「彼女の言うことが聞こえただろ」バーネットが言った。「出ていく時間だ」

わたしはエミリーのあとを追い、入ってきた方向へ廊下を戻りはじめた。われわれが戻りつづけるのを確認しようとして弁護士はあとからついてきた。

「それからいまここで言えることがひとつある」バーネットは言った。「オートン博士について一言でも記事にしたり、一枚でも写真を表に出したりしたら、あんたとあんたのウェブサイトを訴えて、破産させてやるからな。わかったか？　逃がさないぞ」

二十秒後、われわれはエミリーの車に乗り、勢いよくドアを閉めようとしていた。バーネットは建物のメイン・エントランスに立ち、こちらを見ていた。彼がエミリーの車の正面のナンバー・プレートを見ているのがわかった。われわれが車の中にいると、バーネットは背を向け、建物のなかに姿を消した。

「なんてことをしてくれたの、ジャック！」エミリーは叫んだ。

エンジンをかけるボタンを押すとき、彼女の手は震えていた。

「わかってる、わかってる」わたしは言った。「おれが台無しにした」

「わたしが言っているのはそういうことじゃない」エミリーは言った。「あなたはなにも台無しにしていない。なぜなら連中はわたしたちがここに来た理由を知っていたから。もともとなにひとつ手に入るはずがなかったの。彼らは建物からほかの人間を追い払い、この偽の見世物をはじめたんだわ。あいつらは情報を引きだそうとしていた。与えるのじゃなく」

「まあ、手に入ったものもある。おれがダーティー・フォーと言ったときのあいつの顔を見たかい？」

「いいえ、壁にぶつけられないようにするのに忙しくて」

「まあ、あの言葉はオートンにショックを与えたんだ。たぶんわれわれがそのことを知っていることで、オートンは恐怖を覚えたんだと思う」

「だけど、わたしたちはいったいなにを知っているというの？」

わたしは首を横に振った。それはいい質問だった。わたしは別のいい質問を持っていた。

「どうやって連中はわれわれがなんの目的で来たのかわかったんだ？　会社の広報を通じてセットアップしたのに」

「わたしたちが話をしただれかよ」

エミリーは工業団地から車を出し、わたしのジープに向かって車を進めた。

「いや」わたしは言った。「そんなはずはない。おれがきょう話したのはふたりで、そのうち刑事と弁護士だが、ふたりともオートンを腹の底から憎んでいる。そして、そのうちのひとりが被害者の名前を教えてくれた。そんなことをしてから、回れ右して、オートンにわれわれがいく理由を警告するわけがない」

「だけど、連中は知っていたわ」エミリーは食い下がった。

「きみのＦＴＣの人間はどうなんだ？」

「わからない。筋が通らないと思う。わたしは自分たちがここへ来ることをなにひとつ話していない」

「ひょっとしたらその御仁がやつらに漏らしたのかも、記者が嗅ぎ回っている、と。さらにオートンはインディアナポリスの会社からおれを研究所に入れるようにという連絡を受けた。そこでオートンは番犬の弁護士を呼んで、われわれを待ち受けていた」

「もし漏洩源が彼だったら、わたしが突き止める。そのあとあいつの尻を火あぶりにしてやる」

対峙の緊張感は、車に乗りこみ、オレンジ・ナノ研究所から遠ざかるにつれ安堵感に変わった。わたしは思わず笑い声を上げはじめた。

「あれは異常だった」わたしは言った。「一瞬、あの弁護士がきみに襲いかかるつもりだと思ったんだ」

エミリーも首を振りはじめ、笑みを浮かべて、緊張感をほぐそうとした。

「わたしもそう思った」エミリーは言った。「だけど、あれはすてきだったわ、ジャック、あそこでわたしたちのあいだに体をはさんだのは」

「おれが言ったことのせいできみが襲われたのなら、大変なことになっていただろう」わたしは言った。

アーヴァイン市のパトカーがわれわれの横を猛スピードで駆け抜けていった。ライトを点滅させていたが、サイレンは鳴らしていなかった。

「あれってわたしたちのためだと思う？」エミリーが訊いた。

「わかるわけない」わたしは言った。「ひょっとしたらそうかもしれない」

22

マイロン・レヴィンは渋い顔をして、記事の取材から一切手を引いてもらう必要がある、とわれわれに告げた。

「なんだって？」わたしは言った。「どうして？」

われわれ――エミリーとマイロンとわたし――は、エミリーとわたしがそれぞれの車で長いドライブのすえＬＡへ帰還したのち、会議室に座っていた。オレンジ郡での出来事を三十分かけて詳しく説明したところだった。

「なぜなら、まともな記事になってないからだ」マイロンが言った。「こんなに時間をかけてなんの成果もないものをきみたちに追いかけさせる余裕は、うちにはない」

「成果は出す」わたしは請け合った。

「きょうのこの事態では出ないだろう」マイロンは言った。「オートンと弁護士は、きみたちを待ち構えており、すべての道を閉ざした。そこからどこへ向かうんだ？」

「プレッシャーをかけつづける」わたしは言った。「四人の死は関係している。それはわかっている。おれがダーティー・フォーと言ったときのオートンの顔を見るべきだったな。なにかあるんだ。全部をまとめるのにもう少しだけ時間が要る」

「あのな」マイロンが言った。「煙が立っているのはわかっている。煙があるところに火があるのもわかっている。だが、現時点では、煙の先が見通せず、われわれは袋小路にいるんだ。きみたちふたりを取材に向かわせたが、記事を生みだすというそれぞれの仕事に戻さねばならない。そもそも、これがフェアウォーニングに載せるべき記事だと一度も納得していないんだ」

「もちろん載せるべき記事だ」わたしは食い下がった。「あそこにいたあいつは四人の死に関係している。おれにはそれがわかっている。それが感じられるんだ。そしてわれわれには義務がある――」

「読者とわれわれの使命――消費者のための屈強な番犬としての報道――に義務があるんだ」マイロンは言った。「きみは自分の疑念とこれまでのところ見つけたものをいつだって警察に伝えることができる。そうすることで、きみが考えているほかの義務を解決できるだろう」

「警察はおれの言うことを信じない」わたしは言った。「おれが犯人だと思っている」

「きみのＤＮＡが戻ってくればそうじゃないだろう」マイロンは言った。「それから話せばいい。その間、自分のワークステーションに戻り、記事リストを最新のものにして、明日の朝、個別に会って、打合せしよう」

「冗談じゃない」わたしは言った。「エミリーが従来の仕事に戻り、おれがオートンに留まるというのはどうだ？　だったら、この取材にスタッフの半分を充てずにすむ」

「わたしを犠牲にするんだ、最低」エミリーは言った。

わたしは両手を広げた。

「これはおれの記事なんだ」わたしは言った。「ほかにどんな選択肢がある？　きみがこの取材に留まり、おれが従来の仕事に戻るのか？　そんなことはありえない」

「どちらもありえない」マイロンは言った。「ふたりとも従来の仕事に戻るんだ。あすの朝、記事リストを出せ。わたしはこれから電話をかけねばならない」

マイロンは立ち上がって会議室を出ていき、あとにはテーブルをはさんでにらみあうエミリーとわたしが残った。

「あれはほんとに失礼だった」エミリーが言った。

「わかってる」わたしは言った。「近づいていると思ったんだ」

「いいえ、わたしを犠牲にしようとしたこと。取材をつづけようとしていたのがわたしで、あの弁護士相手にそれを台無しにしたのがあなた」

「あのな、弁護士とオートンに対してしくじったのは認める。だけど、きみ自身が、どのみちうまくいきっこなかったと言ったんだぞ。それにオートンに情報を漏らしたのはたぶんきみのFTCの連絡相手だ。だから、きみがこの記事の取材をつづけるという話は、冗談じゃない。ふたりで取材を進めてきて、まえへ進んだんだ」

「好きに言って。もうどうでもよくなったみたい」

エミリーは立ち上がり、部屋を出ていった。

「クソ」わたしは言った。

わたしはしばらくあれこれ考えてから、携帯電話を取りだすと、ディープ・スロートと名づけた連絡相手にショートメッセージを作成した。

あなたがだれなのかわかりませんが、もしわたしを助けてくれる情報をほかになにか持っているなら、いまがそのときです。いましがたわたしは進展がないということで記事の取材を止められてしまいました。オートンは強敵でした。待ち構えていたんです。事実上、記事はもうありません。あなたの協力が必要です。なにか悪辣なことがあそこでは起こっており、オートンが鍵だとわかっています。返信をお願いします。

二度読み返し、泣き言を述べているように見えないだろうか、と思った。最終的に最後の一文を削ってから、送信した。そののち、立ち上がると、自分の間仕切り区画に戻り、途中エミリーの区画を通りすぎた。会議室での自分の発言と彼女とのやりとりの終わり方に気まずい思いをしていた。

机に戻ると、ノートパソコンをひらき、マットスンとサカイが最初にうちのアパートに姿を現すまえに取り組んでいた記事が入っているフォルダーをいくつかひらいた。

リストの一番上にあるのは、「詐欺師王」の記事で、すでに書き上げられており、提出済みだったが、マイロンと膝突き合わせ、彼の編集提案を検討する暇がなかったので、まだ掲載されていなかった。この記事が最優先のものになるだろう。そのあと、今後のネタ・リストを見てみたが、直近のアドレナリンを分泌させる取材のあとでは、どのネタもわくわくしなかった。

次にフォローアップ・ファイルを見た。すでに掲載されているが、なにか変わったことがないか確認するため、しばらく時間を置いてから戻ってくるべきだとわかっている記事が入っていた——わたしの記事がスポットライトを当てた問題点を企業なり政府機関なりが改善したのかどうか。フェアウォーニングの記者であれば、どの産業でもみずからの関心のあるネタを追求できるのだが、わたしには自動車産業が非公式に与えられていた。それによって、急加速の問題や、電子制御チップの欠陥、危険なガソリンタンク、外部調達された一体型組み立て品から規格外の海外メーカーのものにいたるまでの品質の劣る部品に関する記事をいくつか掲載していた。合衆国は自動車に基盤を置く社会であり、そうした記事は、大きな反響を呼び、注目を浴びた。いくつかの新聞に転載され、わたしはジャケットとネクタイ姿で「トゥデイ」に出演しただけでなく、ＣＮＮやＦＯＸ、そしてＬＡやデトロイトやボストンなどのいくつかのローカル・ニュース番組にも出演した——それによってフェアウォーニングの評判も上がった。日本の自動車メーカーに否定的な記事を書くと、デトロイトのＴＶに出演できるというのが一般的なルールだった。

自分がそうした記事のひとつに乗っかって、なんの変哲もない記事を書けるのはわかっていた。それはマイロンを喜ばせるだろうし、ＤＮＡの記事から離れるのに役立ってくれるかもしれない。

もともと自動車業界を取材しているあいだに貯めたあらゆる書類と連絡先情報を収めたファイルが机の引き出しに入っていた。それを取りだし、バックパックに滑りこませ、朝のコーヒーを飲んでいるあいだに考えをリフレッシュできるようにした。

だが、きょうのところはもうここまでだった。クリスティナ・ポルトレロとウイリアム・オートンの未完成の記事から、まったく異なる、なんの刺激もないものにたやすく移ることはできなかった。時間が必要であり、それを取るつもりだった。

だが、まだエミリーとの先ほどのやりとりが気になっていた。バックパックのジッパーを閉めると、立ち上がり、通路を通って、彼女の間仕切り区画に向かった。

「やあ」わたしは声をかけた。

「やあがなに？」エミリーは素っ気なく答えた。

「おれはあそこでまずい動きをした。きみを犠牲にするべきじゃなかった、わかってほしい。なにがあろうと、われわれはいっしょに行動する。たったいま情報源のディープ・スロートにショートメッセージを送って、記事の取材がお先真っ暗になっているので、そこを切り抜ける明かりが必要だ、と伝えた。どうなるかわからん。たぶん情けないクソ野郎みたいに聞こえただろうな」

「たぶんね」

だが、エミリーはそう言ってから顔を起こし、笑みを浮かべた。わたしもほほ笑み返した。

「まあ、おれの欠点について同意してくれてありがとう」

「いつでも同意する。ところで……」エミリーは自分の画面をわたしに見えるように動かした。

「たったいま手に入れたものを見て」

エミリーの画面には、連邦取引委員会の紋章がついている書類のようなものが表示されていた。

「それはなんだい？」わたしは訊いた。

「わたしのＦＴＣの情報源にオートンに情報を漏らしたのかどうか直に電子メールを送って訊ねたの」エミリーは言った。「大げさに書いて、あんたが漏らしたのなら、あんたのせいでわたしは殺されるところだったと言ってやった」

「それで？」

「それで、彼はそれを否定した。否定するため電話すらかけてきた。それからこれをある種の誠意の形として送ってきたの。オレンジ・ナノ研究所がＦＴＣに提出した、ＤＮＡの再販売先ラボの最後のリスト。ほぼ三年まえのものだけど、調べてみる価値があるかもしれない――つまり、まだあの記事の取材をしているとするなら」

　書類を写真に撮ったものゆえ、文字は小さく、わたしのいる角度からは読みにくかった。

「ぱっと目に飛びこんできたものはあるかい？」わたしは訊いた。

「ないわ」エミリーは答えた。「全部で五社しかなく、いずれも当時ＦＴＣに登録されているラボだった。それぞれのプロフィールを引っ張りだして、関係者の名前や所在地や、そうしたものをつかむ必要がある」

「それをいつやるつもりだい？」

「そのうち」

　エミリーは自分の間仕切り越しにマイロンのいるポッドを見た。マイロンの頭頂部しか見えなかったが、ヘッドフォンのアーチが髪にかかっていた。彼は電話をしており、いまがチャンスだった。エミリーは発言を訂正した。

「いますぐ」エミリーは言った。

「手伝おうか？」わたしは訊いた。「帰るところだったんだが、残ってもいい」

「いいえ、それだとあからさますぎる。帰って。これは家でもできる。なにか出てきたら電話する」

わたしは立ち去るのを躊躇(ためら)っていた。ボールがエミリーのコートにあるのが気に入らなかった。エミリーはその様子を読み取った。

「電話すると約束する、いい？」エミリーは言った。「それからディープ・スロートから連絡があったら、電話してちょうだい」

「交渉成立だ」わたしは言った。

23

わたしは早めに〈ミストラル〉に到着し、昨夜とおなじスツールを確保した。レイチェル用に取っておくため、隣のスツールにバックパックを置き、エルとこんばんは（ボンソワール）を交わしたのち、今夜はオクタン低めでいこうと決め、ベルギービールのステラ・アルトワを注文した。バーに携帯電話を置くと、ディープ・スロートから二件ショートメッセージが届いていたのに気づいた。ひらいてみると、添付ファイルがふたつあった。ひとつは『ＤＮＡ』と記されており、もうひとつは『口述筆記録』と記されていた。

最初の添付ファイルをひらいてみたところ、わが秘密の情報源が数枚の書類の写真を送ってきたことがわかった。すぐにそれがウイリアム・オートンのＤＮＡ検体とジェシカ・ケリーから採取されたＤＮＡが一致しないことを述べた四年まえのオレンジ郡保安官事務所科捜研からの分析報告書だとわかった。報告書にざっと目を通し、棒グラフやパーセンテージ、略号がなにを意味するのか解き明かすには、遺伝子学者が必要だとわかった。だが、要約は明白だった――被害者が暴行されたあとで乳首から払拭採取された唾液検体は、ウイリアム・オートンのものではなかった。

二番目のショートメッセージに添付されていたのは、ジゴベルト・ルイス刑事によっておこなわれたオートンのごく短い聴取の口述筆記録だった。五ページの枚数があり、これまたハードコピー原稿をカメラで撮影したものだった。

わたしは両方の添付ファイルを電子メールで自分宛に転送し、それらをダウンロードして、より大きな画面で見られるようノートパソコンを取りだした。〈ミストラル〉は客向けのＷｉ－Ｆｉサービスを提供していなかったので、自分の携帯電話をホットスポット接続先に使用せざるをえなかった。全部が起ち上がって、通信がつながるのを待つあいだ、これらのショートメッセージの送り手について考えた。このＤＮＡ報告書を要求したのはルイスに対してであり、弁護士のエルベ・ガスパールにではなかった。ディープ・スロートの正体に関する推測は変わりつつあり、あの刑事ではないかと思いはじめていた。もちろんガスパールはＤＮＡ報告書と聴取の口述筆記録をオートンに対する訴訟の準備の過程で入手できたはずだったが、添付ファイルが書類の写真であるところが、ルイスの方向に向かわせた。スキャン書類や実際の書類ではなく写真を送ってくることで、内務監査がおこなわれた場合に情報源を特定するのを防ぐための特別な一手間になっていた。オフィスのスキャナーや複写機はデジタルメモリーを保持するのだ。

ようやくノートパソコンに口述筆記録をひらくことができると、先ほどの結論がさらに混沌としてきた。その書類には何ヵ所か細かい修正が入っており、文脈からそれは被害者の氏名が削除されているのだと判断できた。これにはディープ・スロートがすでに被害者の氏名を連絡してきていたことから困惑させられた。それを忘れていたんだろうか？

その疑問を脇に置いて、聴取全体を読み進めた。本質的には、五ページにわたってオートンが否認しつづけた記録だった。被害者に暴行を加えていない、自分の授業を取っている学生だという以外に被害者のことを知らない、被害者といっしょにいたことはない。ルイスが問題の夜についてオートンの詳しい行動を問いただしはじめると、オートンは回答を拒み、弁護士を要求した。記録はそこで終わっていた。

わたしはノートパソコンを閉じ、仕舞った。この口述筆記録について思いを巡らす。修正箇所を別にして、オートンの回答が黄色くハイライトされている部分があった。ディープ・スロートとのデジタルでの会話をつづけたくて、わたしはそのハイライトがなにを意味するのか訊ねることを、再度彼にメッセージを送る理由にした。先方からの返信はすぐだったが、ディープ・スロートがわたしほど会話に興味がないことを示していた。

検証可能な事実

彼が告げたのはそれだけだったが、情報源がルイス刑事だとわたしに確信させるには充分だった。検証可能な事実とは、刑事が使う用語だった。刑事事件の容疑者との聴取は、証人やビデオ、デジタル痕跡、携帯電話の三角測量、ＧＰＳナビゲーションシステム、その他の手段で確認や反論ができる回答を引きだすように仕組まれている。この聴取も同様で、何者かは——おそらくルイスだろう——オートンの言ったことで証明可能か、反証可能である箇所をハイライトしていた。

もちろん、それらの検証可能な事実に関する追跡報告書は入手しておらず、この口述筆記録だけがわたしの興味をそそった。もっと手に入れたかった。ルイスは、ジェシカ・ケリーが襲われた夜のあいだずっとほかの場所にいたというオートンの主張を証明したのだろうか、あるいはそれが間違っていることを証明したのだろうか？　終身在職権を巡る争いのせいで恨みに思っている別の教授が旗を振るった中傷戦の被害者であるというオートンの主張をルイスは証明したのだろうか、あるいはそれが間違っていることを証明したのだろうか？

もっと情報が必要だと伝えるあらたなショートメッセージをディープ・スロートに書こうとしたとき、レイチェルがわたしの隣のスツールに腰を滑りこませた。バックパックを置いて取っていたのとは別のスツールに。

「それはなに？」レイチェルは挨拶代わりにそう訊いた。

「オートン事件の担当警官だと思われる人物からショートメッセージを受け取っているんだ」わたしは言った。「その人物ときょう話をしたんだが、おれにはなにも話そうとしなかった。だけど、こうしたタレコミを受け取りはじめたんだ。これはオートンが弁護士を要求するまえにその警官がオートンを聴取した口述筆記録だ。オートンはすべてを否認しているが、警察が確認できるいくつかの事項が記録に残っている。いまからその確認をしたのかどうかショートメッセージを送って訊こうとしていたところだ」

「口述筆記録？　それって弁護士っぽい言い方だけど」

「まあ、その可能性もある。被害者の弁護士とも話をしたよ。自分と依頼人はＮＤＡ

のせいで話せないと言った。だけど、警官だろうと思う。また、オートンの潔白を証明したDNA分析報告書も送ってきた。そんなものを持っているのはルイス以外にはありえないと思うんだ」

「事件を不起訴にした検察官も持っているでしょうね。そして彼または彼女はそれを被害者の弁護士に渡した可能性がある」

「まさしく。ディープ・スロートに率直にきみはだれなんだと訊ねるべきかもしれない」

「ディープ・スロート。キュートなネーミングね」

わたしは携帯電話から目を離して、レイチェルを見た。

「ところで、ハロー」わたしは言った。

「ハロー」レイチェルは応えた。

レイチェルと待ち合わせたが情報源に関する話し合いからはじまったことで、一晩をともにし——そしてその意図が変わらなければ今夜もそうなるであろうという事実が覆い隠された。わたしは身を寄せて、レイチェルの頰にキスした。レイチェルはそのキスを受け入れたが、フォースの震えをいっさい示さなかった。

「で、きみはここにまた来ていたのか、それとも山を越えてこなければならなかったのかい？」わたしは訊いた。

「ここに来ていたの。きのうの契約をまとめるために。あなたに会えるようタイミングを合わせたわ」

「おめでとう！　それともそうじゃなかったのかな？」

「きのうは泣き言を言っていたってわかってる。酔っ払っていたし。そして間違ったことを言ったのはそれだけじゃなかった」

確かに震えがあった。

「ほんとかい？」わたしは言った。「たとえばほかにどんなことが？」

偽のフランス人バーテンダーのエルが近づいてきて、レイチェルはすぐに答えずに済んだ。

「ボンソワール」エルは言った。「お飲み物はいかがですか？」

「ケテル・ワンのマティーニをストレートで」レイチェルは言った。「シルヴプレ」

「ビエンシュール。すぐお持ちします」

エルはカクテルを作りにバーを移動した。

「あの訛りはひどいものね」レイチェルは言った。

「きのうもそれを言ったぞ」わたしは言った。「迎え酒をするつもりかい？」

「して悪い？　きょう新しい依頼人と契約したの。祝杯を挙げられるわ」

「それで、きみがきのう言った間違ったことというのはほかになんなんだ？」

「ああ、なんでもない。気にしないで」

「いや、知りたいね」

「そんなつもりで言ったんじゃないから。深読みしないで」

昨夜、この女性が寝室の暗闇のなかでわたしに囁いた言葉はわたしの世界を揺るがした。いいいいいいいまでもあなたを愛してる。そしてわたしはためらうことなくおなじ言葉を返した。いま、レイチェルはそれを無かったことにしようとしているのだろうか、とつい考えざるをえなかった。

エルが近づいてきて、レイチェルの酒をナプキンの上に置いた。マティーニは縁まででなみなみと注がれており、エルはそれをバー・カウンターのレイチェルから遠すぎるところに置いた。身を乗りだして啜って、量を減らさないと持ち上げられないくらいだった。岩のように安定した手でないかぎり、動かそうとしたらこぼれてしまうだろう。そのときわたしは、訛りについてレイチェルが言っていた内容をエルが耳にしており、これがバーテンダーなりの仕返しだとわかった。エルは退散し、レイチェルの見えないところでわたしに向かってウインクした。ひとりの男性客がバーの中央のスツールに座り、エルはひどい訛りのフランス語で彼に近づいた。

わたしの携帯電話の画面が光り、電話がかかってきたのを示した。それがエミリー・アトウォーターからだとわかった。

「これには出たほうがいい」わたしは言った。

「どうぞ」レイチェルは言った。「ガールフレンド？」

「同僚だ」

「出たら」

一連の安定した動きでレイチェルはグラスを持ち上げ、カウンターから口元へと運び、口をつけた。一滴もこぼれなかった。

「聞こえるように外に出る」

「ここで待ってる」

わたしはカウンターから携帯をつかんで、電話に出た。

「エミリー、ちょっと待ってくれ」

わたしはバックパックから手帳を取りだし、バーを離れ、出入り口のドアを通り抜けた。そこだと音楽が通話の邪魔にならない。

「オーケイ」わたしは言った。「なにかつかんだかい？」

「もしかしたら」エミリーは言った。

「話してくれ」

「まず、FTCが持っている資料はすべて二年以上まえのものだということを覚えているでしょ。FDAが引き継ぐまえのものだと？」

「ああ」

「で、FDAへの切り換えのまえに、オレンジ・ナノ研究所がDNAコードと生体検体を五つのほかのラボへ売っているという記録があった。そのうち三件は一度きりの取引で、ほかの二件がリピート客だった。その取引はまだつづいていると推測できると思う」

「わかった。その二件のリピート客はだれだ？」

「まず最初に、はっきりさせておくべきことがあると思う。オレンジ・ナノ研究所がこうした取引をおこなっており、オートンが個人でやっているのではないということ。ええ、確かに彼の研究所だけど、彼には従業員がおり、彼らがその取引をおこなっていた。オートンの名前はわたしが目にしたどの書類にも出てきていない」

「わかった。で、なにか不審な点が見つかったのか？」

「不審？　そうじゃないな。興味深いと言ったほうがいいかも。このふたつのリピート客は所在地が近いの――ロサンジェルスとヴェンチュラ。ほかの三件は、もうちょっと遠いところにある」

「きみが興味を抱いたのはそのどちらだ？」

「LAのラボ」

紙をめくる音が聞こえた。

「このラボにはわたしの気を惹いた三つのことがあったの」エミリーは言った。「まず第一に、このラボをグーグルマップで調べてみたところ、商業地域の住所じゃなかった。住宅地なの。実際には、グレンデールのなかにある。この相手は自分の車庫かそんなところにラボを置いているんだと思う」

「なるほど、ちょっと不気味だな」わたしは言った。「ほかには？」

「この事業者はドジャーDNAサービスとしてFTCに登録されている。たぶん、オーナーはロス市警の科捜研のDNA技師じゃないかな。オーナーの名前をグーグルで調べたところ、去年のロサンジェルス・タイムズの記事がヒットした。殺人事件の裁判を取り上げた記事で、オーナーは銃から採取したDNAが被告と一致したと証言している」

「で、その男のサイドビジネスはなんなんだ？」

「ＦＴＣに提出した運営方針によると……」

さらに紙がめくられる音。わたしは待った。

「ここにあった」エミリーは言った。「刑事事件の科学捜査におけるＤＮＡの検査アプリケーション。それだけ」

「わかった、それはそれほど怪しくはないな」わたしは言った。「その男のライフワークだ。たぶん自分の仕事をもっと楽にしてくれて、百万ドルを稼いでくれるような装置かなにかを開発しようとしているんだろう」

「そうかもしれない。わたしの三つめの好奇心にたどり着くまでは」

「それはなんだ？」

「彼はオレンジ・ナノ研究所から女性のＤＮＡだけを購入しているの」

「わかった、そうだな。そいつの名前はなんだ？」

「マーシャル・ハモンド」

「その名前を書き取らせてくれ」

わたしは携帯電話を首を曲げてはさんで、その名前のスペルを口に出して言いながら、書き留めた。エミリーはスペルを確認した。

「その男の背景調査をする必要がある」わたしは言った。

「調べてみたけど、なにも出てこなかった」エミリーが言った。「あなたの古いロス市警の情報源のいくつかを当たってみたら、と思っていたの。なにかその男に関する情報を得られないか」

「ああ、問題ない。何本か電話を入れてみる。きみはまだオフィスにいるのか？」

「いえ、家に帰った。机の上のこういうものをマイロンに見られたくなかったから」

「わかった」

「ディープ・スロートからなにかあった？」

「ああ。オートンの聴取を口述筆記したものと、あいつの容疑を晴らしたＤＮＡ報告書をショートメッセージで送ってくれた。ディープ・スロートはルイス刑事だと思う」

「その聴取記録を読んでみたいな」

「電話を切ったら送るよ」

「いまどこにいるの？」

「友人と一杯やってる」

「わかった、じゃあ、あしたまた」

「こうやって集めたものを添えてマイロンにもう一度かけあってみよう。二日ほどもらえるかどうか確かめてみるんだ」

「賛成」

「オーケイ、じゃあ、また」

わたしはバーの店内に戻り、レイチェルがグラスを空にしているのを見た。わたしはスツールに滑りこんだ。

「もう一杯いくのかい？」わたしは訊いた。

「いいえ、今夜は、正気を保っていたい。あなたが飲み終えたらあなたの家にいきましょう」

「いいのかい？　夕食はどうする？」

「デリバリーを頼めばいい」

（下巻につづく）

|著者| マイクル・コナリー　1956年、フィラデルフィア生まれ。フロリダ大学を卒業し、新聞社でジャーナリストとして働く。手がけた記事がピュリッツァー賞の最終選考まで残り、ロサンジェルス・タイムズ紙に引き抜かれる。「当代最高のハードボイルド」といわれるハリー・ボッシュ・シリーズは二転三転する巧緻なプロットで人気を博している。著書は『暗く聖なる夜』『天使と罪の街』『終決者たち』『リンカーン弁護士』『エコー・パーク』『死角　オーバールック』『真鍮の評決　リンカーン弁護士』『転落の街』『ブラックボックス』『罪責の神々　リンカーン弁護士』『燃える部屋』『贖罪の街』『訣別』『レイトショー』『汚名』『素晴らしき世界』『鬼火』など。

|訳者| 古沢嘉通　1958年、北海道生まれ。大阪外国語大学デンマーク語科卒業。コナリー邦訳作品の大半を翻訳しているほか、プリースト『双生児』『夢幻諸島から』『隣接界』、リュウ『宇宙の春』『Arc アーク』(以上、早川書房)など翻訳書多数。

警告(上)

マイクル・コナリー | 古沢嘉通 訳

講談社文庫

定価はカバーに
表示してあります

2021年12月15日第1刷発行

発行者——鈴木章一
発行所——株式会社　講談社
東京都文京区音羽2-12-21　〒112-8001
電話　出版　(03) 5395-3510
　　　販売　(03) 5395-5817
　　　業務　(03) 5395-3615

Printed in Japan

デザイン—菊地信義
本文データ制作—講談社デジタル製作
印刷———大日本印刷株式会社
製本———大日本印刷株式会社

ISBN978-4-06-524987-1

講談社文庫刊行の辞

二十一世紀の到来を目睫に望みながら、われわれはいま、人類史上かつて例を見ない巨大な転換期をむかえようとしている。

世界も、日本も、激動の予兆に対する期待とおののきを内に蔵して、未知の時代に歩み入ろうとしている。このときにあたり、創業の人野間清治の「ナショナル・エデュケイター」への志を現代に甦らせようと意図して、われわれはここに古今の文芸作品はいうまでもなく、ひろく人文・社会・自然の諸科学から東西の名著を網羅する、新しい綜合文庫の発刊を決意した。

激動の転換期はまた断絶の時代である。われわれは戦後二十五年間の出版文化のありかたへの深い反省をこめて、この断絶の時代にあえて人間的な持続を求めようとする。いたずらに浮薄な商業主義のあだ花を追い求めることなく、長期にわたって良書に生命をあたえようとつとめるところにしか、今後の出版文化の真の繁栄はあり得ないと信じるからである。

同時にわれわれはこの綜合文庫の刊行を通じて、人文・社会・自然の諸科学が、結局人間の学にほかならないことを立証しようと願っている。かつて知識とは、「汝自身を知る」ことにつきていた。現代社会の瑣末な情報の氾濫のなかから、力強い知識の源泉を掘り起し、技術文明のただなかに、生きた人間の姿を復活させること。それこそわれわれの切なる希求である。

われわれは権威に盲従せず、俗流に媚びることなく、渾然一体となって日本の「草の根」をかたちづくる若く新しい世代の人々に、心をこめてこの新しい綜合文庫をおくり届けたい。それは知識の泉であるとともに感受性のふるさとであり、もっとも有機的に組織され、社会に開かれた万人のための大学をめざしている。大方の支援と協力を衷心より切望してやまない。

一九七一年七月

野間省一